SO
MENTE
A
VERDADE

SO MENTE A VERDADE

JOSÉ PAULO CAVALCANTI

1ª edição

EDITORA RECORD
RIO DE JANEIRO • SÃO PAULO
2016

CIP-BRASIL. CATALOGAÇÃO NA PUBLICAÇÃO
SINDICATO NACIONAL DOS EDITORES DE LIVROS, RJ

C366s Cavalcanti Filho, José Paulo
Somente a verdade: a falecida que convidou amigos para o enterro do irmão, a mulher que sonhava com um beijo, a mãe que decidiu só morrer depois de enterrar o filho e outras histórias extraordinárias passadas em um escritório de advocacia / José Paulo Cavalcanti Filho. – 1ª ed. – Rio de Janeiro: Record, 2016.

ISBN 978-85-01-10709-1

1. Conto brasileiro. I. Título.

16-31083

CDD: 869.91
CDU: 821.134.3(81)-1

Copyright © José Paulo Cavalcanti Filho, 2016

Todos os direitos reservados. Proibida a reprodução, armazenamento ou transmissão de partes deste livro, através de quaisquer meios, sem prévia autorização por escrito.

Texto revisado segundo o novo Acordo Ortográfico da Língua Portuguesa.

Direitos exclusivos desta edição reservados pela
EDITORA RECORD LTDA.
Rua Argentina, 171 – Rio de Janeiro, RJ – 20921-380 – Tel.: (21) 2585-2000.

Impresso no Brasil

ISBN 978-85-01-10709-1

Seja um leitor preferencial Record.
Cadastre-se e receba informações sobre
nossos lançamentos e nossas promoções.

EDITORA AFILIADA

Atendimento e venda direta ao leitor:
mdireto@record.com.br ou (21) 2585-2002.

Para Serginho

*Nada em nós resta do que é nossa história
Salvo a memória inútil da memória.*

Sem título (7/4/1917), Fernando Pessoa

Apresentação

Faz muito tempo. Eu estudava na Faculdade de Direito do Recife e os militares, gentilmente (nem tanto), pediram que não aparecesse mais ali. Nem em nenhum outro lugar, se possível. Eram anos escuros, amigo leitor. Negros. Não reclamei. De nada serviria mesmo. E fui para Harvard. Mas essas lembranças, perdidas no tempo, não interessam a ninguém. Importa só, agora, quando aquilo se deu. Num bendito 14 de abril de 1969, não dá para esquecer uma data dessas. Foi quando, esperando pelo dia de partir, botei gravata e fui dar expediente no escritório de advocacia do meu pai — saudades dele, tantas. De lá, nunca mais saí. Como a história se repete, hoje ao lado tenho meu filho Sergio. Com a esperança de merecer que um dia sejam outras as saudades, então desse filho com relação ao seu pai.

Durante os muitos anos de convivência intensa com o velho, recordo especialmente um discurso de paraninfo que fez em fins de 1964. Por coincidência, ou ironia, o ano da *Redentora*. Porque, nessa fala, disse que os homens são *barro trágico rareado por estrelas*. A partir de sua experiência profissional, queria referir o fato de serem, alguns deles, diferentes. Especiais. Capazes de gestos que os distinguem do largo universo dos previsíveis. António Gedeão (em "Impressão Digital") disse algo parecido:

> *Inútil seguir vizinhos,*
> *Querer ser depois ou ser antes.*
> *Cada um é seus caminhos.*
> *Onde Sancho vê moinhos*
> *D. Quixote vê gigantes.*
>
> *Vê moinhos? São moinhos.*
> *Vê gigantes? São gigantes.*

Não sei se ele percebeu, mas aquela frase tem também uma outra dimensão. Posto sermos, todos e cada um de nós, barro e também estrela. Sancho Pança, quase todo o tempo, com um ou outro momento de Quixote. Em uma unidade falsa e, não obstante, coerente.

Nesse escritório, me fascinou sempre a natureza humana. Os Sanchos e Quixotes que somos. Razão pela qual, desde muito, pensava escrever esta espécie de *memorial*. Relatando pequenos fatos do cotidiano. Casos que, dadas algumas características, escapam do convencional. Por vezes juntando histórias, quando me pareciam complementares. De (quase) todas participei como advogado. Os atores são bem conhecidos. Seus pedaços de vida, não. Aqui estão 20, escritas na terceira pessoa, trocando nomes e situações para evitar que possam vir a ser identificados. Mais uma, na primeira, com nomes reais. Em uma espécie de homenagem a Pablo Neruda e seus *20 poemas de amor e uma canção desesperada*. Bem sei que a verdade, tantas vezes, é só aparente. "O poeta que sabe mentir é o único capaz de dizer a verdade", escreveu Nietzsche. A verdade mente. Só mente. Aparentemente. Não aqui, pelo menos, que nestas páginas vale somente a verdade.

Baudelaire, comentando textos de Edgar Allan Poe, referiu que a novela (em comparação com o romance) é *mais condensada* e seu efeito *mais intenso*. E Shakespeare, "A concisão é a alma da sabedoria." Dizer menos é melhor, como que sugerem. Visão semelhante à de Carlos Drummond de Andrade, com seus *contos de bolso*. Ou Mário de Andrade, na conhecida frase "Conto é tudo aquilo que o autor chama de conto". Stefan Zweig preferia chamar o gênero de *ficção curta* (*erzählungen*). Svetlana Alexievich disse: "Atraiu-me esse pequeno espaço... Uma pessoa"; e Mia Couto, "A história é feita de muitas pequenas histórias, que são as que nos interessam". Nessa trilha seguem contistas de estirpe. Como Alejandro Zambra e seus *romances curtos*. Ou Enrique Vila-Matas e suas *narrativas curtas*. Ou Alice Munro e suas *narrativas breves*. Tantos mais.

O estilo está no sangue. Saramago, por exemplo, abusava das vírgulas. Em média foram 21, antes de um ponto, no seu *O Evangelho segundo Jesus Cristo*. Em *Caim* pouco menos, 17. Diferentemente, e por não gostar delas, nem de adjetivos, me sinto mais à vontade escrevendo com menos palavras. E tentando respeitar a oralidade que vem das ruas. São, assim digo, *pequenos contos*. Com o sentimento de que teorias literárias têm cada vez menos sentido num mundo que se move à velocidade dos cliques.

Ao ler estes relatos, espero apenas que os leitores possam conhecer um pouco mais das incertezas que nos habitam. Depois de tantos anos caminhando, sei bem que a vida não é uma estrada reta, previsível, em que se olha sempre em frente. Já sabendo como será o futuro. Ela é mais como um cordão sem ponta em que, a partir de algum momento impreciso dessa trajetória, começamos a buscar nossas raízes. Como os elefantes — que, dizem os entendidos em elefantes, voltam para morrer onde nasceram. Na partida, queremos ganhar o mundo. No fim, ter só a consciência em paz. Entre um ponto e outro, a história.

Por isso escrevo este livro. Para contar histórias. Para deixar registrado um pedaço de mim. Para me sentir vivo, depois de ver tanto desalento. Para dizer que me anima, no carrossel do destino, sobretudo o que é breve e perto. Para quase tocar céus imprecisos e distantes. Para experimentar, com os olhos e com o coração, as incertezas do tempo que se esvai. Para celebrar, permanentemente, a gloriosa epifania da existência — mistérios, misérias, o inesperado, o insólito, o mundano, o trágico, o sublime, o espanto.

JPCF, 13 de junho de 2016

1

Pelas ruas de Tirano

TIRANO fica bem ao norte da Itália. Na Lombardia, já fronteira com a Suíça. É famosa por muralhas construídas, no final do século XV, por Ludovico Sforza — O Mouro; pelo Santuario della Madonna, dos inícios do século XVI; e por suas três grandes *portas* — Bormina, Milanese e Poschiavina.

Marmirolli fazia parte daquela paisagem de cartão-postal. Órfão dos pais, desde cedo foi criado por uma velha tia. Com todos os cuidados e carinhos próprios dos filhos únicos. Até quando foi estudar em Milão. Já engenheiro, e com o advento da Segunda Guerra, voltou à sua terra. Não em busca de emprego, como seria natural; mas para ser *partigiano* — contra o Eixo de Hitler e Mussolini. Tendo plena consciência dos riscos que corria. E não foi surpresa para ninguém quando seu grupo acabou nas mãos de tropas alemãs. Ao meio-dia de um dia quente, ainda mais quente que os dias quentes daquela época do ano. Quente como *ferragosto*.

Aqueles quase meninos foram então postos em fila, com as costas na parede lateral da basílica. E os sinos tocaram. Como se fosse um sinal. Ou um lamento. Foi quando a metralhadora começou a funcionar. Metodicamente. Da esquerda para a direita, numa rajada. À medida que escutava o som das balas, pelo canto do olho Marmirolli via seus companheiros desabando. Anjos exterminados. Pedras de dominó que as crianças põem de pé e derrubam num peteleco. Frutas maduras que caem na terra.

Como queria viver, ficou esperando sua vez. E assim que o companheiro que estava à direita deu um gemido, se jogou no chão. Antes que uma bala o atingisse. Caíram os dois, quase ao mesmo tempo. Como um saco de batatas largado sobre outro saco de batatas. O saco de baixo era Marmirolli. Com o sangue morno de um corpo tomando conta do outro. Em sequência, o chefe da tropa foi chutando aqueles corpos estendidos no chão. E cada gemido era um tiro de misericórdia.

Marmirolli pensou que levaria um chute na cara. Talvez perdesse alguns dentes. Mas decidiu que não iria reagir. Doesse o quanto doesse, ficaria imóvel. O corpo já estava como que dormente. O chute foi na altura dos rins. Até ficou agradecido por isso. Pensou que seria pior. E não disse um ai. Era como se o militar chutasse uma carcaça. No fim da matança, foram-se todos embora. Pelo menos assim imaginou Marmirolli, ao ouvir o barulho dos caminhões em marcha. E ao sentir, na língua, o gosto do pó da estrada que entrava pela boca.

O silêncio era enorme. Pavoroso. Marmirolli estranhou. Cresceu em meio a uma profusão de sons, no lugar. Lembrou-se do *Tirà li toli* — um desfile barulhento que as crianças da pequena cidade faziam, todo 31 de janeiro, à espera da primavera que viria só em 21 de março. Aquele começo de tarde parecia um *Tirà li toli* ao contrário. Algo fora do tempo e do lugar. Ouvia-se apenas o zumbir das moscas se banqueteando no mosto da grande poça de sangue que manchava o chão de barro.

Com os olhos fechados, Marmirolli não tinha como saber se algum militar ficara de vigília. Imaginava que sim, porque nenhum morador chegou perto de seus filhos e amigos caídos. Para chorar seus mortos. Ou salvar algum ferido. Nem mesmo por curiosidade. O medo é um deus sem nome. Melhor não tentar fugir. Ficou imóvel. E o tempo foi passando.

No meio da noite, um frio intenso começou a congelar seu corpo. Calor e frio, esse era o clima da região. Decidiu sair dali, a qualquer custo. Apesar de todos os riscos. Mas foi levantar e cair, que estava entrevado. Por sorte, os alemães haviam mesmo ido embora. Ninguém por perto. Quase se arrastando, em meio a dores lancinantes, e depois de longo tempo, conseguiu chegar ao convento dos agostinianos.

Ali permaneceu por alguns dias, sob a proteção dos monges. Logo ele, que não acreditava em Deus. Até quando, junto com os religiosos, dirigiu-se à estação da estrada de ferro. Vestindo hábito de freira, era o disfarce possível. Não havia guardas por lá, tinha sorte afinal. Tomou o Bernina Express, que diariamente parte da cidade na direção de St. Moritz. E chegou à Suíça. Um país neutro, na guerra. Estava salvo.

Pouco depois, ao se olhar no espelho, teve um susto. É que seus cabelos começaram a nascer brancos. E logo desapareceu completamente o castanho escuro de antes. Menos mal. Estava vivo, era o que importava. Com a vitória dos aliados, voltou a Milão. E começou a trabalhar em uma empresa multinacional. Quando soube que precisavam de diretor para o Brasil, se apresentou. Depois da morte de sua tia, nada mais o prendia naquela terra. Foi escolhido. E veio dar em um mundo para ele novo.

Casou com uma *oriunda*. Ganhou filhos. Depois de tanto tempo, afinal, vivia uma vida simples e sem sustos. Salvo um pesadelo que o atormentava quase todas as noites, com aquela cena do fuzilamento se repetindo. E assim foi até quando a mulher, pouco antes do parto do último filho, começou a sofrer com uma doença de nome complicado — *esclerose lateral amiotrófica*. E perdeu quase todos os movimentos. Por sorte, não o dos músculos da face. Conversavam quando voltava do trabalho. Conversavam, propriamente, não. Marmirolli fazia longos relatos de como fora seu dia.

Em uma espécie de diário falado. Ou fazia perguntas e ela respondia. Movimento da face era sim. Piscar os olhos, não. Para sua mulher, presa na cama, era só o que restava. Tanto que a filha mais velha, certa vez, lhe disse algo que mais parecia uma sentença de morte: "Se você for embora, ela morre."

Marmirolli passou a viver como se outra guerra lhe tivesse deixado, agora, outras marcas. Tardias e profundas. Num fim de tarde, em sua sala no trabalho, Quitéria tomou coragem. Seu papel, na fábrica, era o de servir café aos visitantes, esvaziar lixeiras e fazer outros serviços menores. Percebia no patrão uma tristeza enorme. Perguntou se algo estava acontecendo. Se poderia ajudar. Viúva recente, sabia o que era padecer. E não gostava de ver ninguém sentindo por dentro aquele vazio que conhecia tão bem.

Ele prestou atenção na funcionária pela primeira vez. Estavam próximos, todos os dias. Mas só agora via que era uma bela mulher, perto dos 50 anos. Com o corpo magro e ainda bem-feito. Um rosto de traços lombardos, como tantos em Tirano. Considerou isso como um sinal. Tornaram-se amantes. Nas sextas-feiras, iam para o motel. Almoçavam, faziam amor e conversavam. Os encontros viraram rotina. Com sexo cada vez menos, que logo Quitéria engordou. Virou matrona. E ficavam apenas conversando, as mãos dadas, naquele cantinho que passou a ser só deles.

Então procurou seu advogado e perguntou como poderia resolver aquela situação estranha. O doutor disse não haver muito a fazer. Casar com Quitéria não podia. Teria que se separar, antes, da mulher com quem era casado. Mas tratava-se de uma inválida. Uma decisão difícil. A sugestão que deu foi deixar o tempo passar. E assim foi até quando morreu a mulher de Marmirolli.

Depois do enterro, no apartamento, reuniu seus filhos. Lembrou-se do que lhe dissera o advogado. Por não haver mais qualquer impedimento a que se casasse, falou da outra mulher. E confessou que já não podia viver sozinho. Todos entenderam. Depois do trigésimo dia, falou no assunto com Quitéria. Ela ponderou que os filhos dela, mesmo já criados, não entenderiam. E que Marmirolli precisava cuidar dos seus, ainda jovens. Após o que sugeriu que nada se alterasse, na rotina dos dois.

Todas as sextas, por muitos anos mais, continuaram indo ao motel de sempre. Marmirolli, numa dessas vezes, recordou seu passado. Os pais que se foram tão cedo. A tia que o criara. Amigos que perdera na Itália. O rio Adda, em que se banhava quando criança. O território da infância ganhando tintas cada vez mais fortes. Quitéria, por sua vez, nunca tinha viajado. Não sabia como era o mundo. E passou a pedir que falasse mais e mais dessas lembranças. Era como se, ao escutar, viajasse por lugares para ela impossíveis. Logo Marmirolli, nesses encontros, passou a quase que só reviver memórias antigas. Até que afinal partiu, ao encontro de fantasmas que andaram sempre a seu lado.

Na primeira sexta-feira depois de perder seu amor italiano, Quitéria foi por uma última vez ao motel. A quem visse a cena, de longe, poderia parecer estranho. Que aquela mulher sozinha, e já idosa, estivesse ali. Mas isso não tinha importância, para ela. Almoçou, repetindo cena que vivera por tantos anos. Sentou numa cadeira de balanço que havia no quarto. Com a ponta dos pés fazendo pressão no chão, ficou naquele pra frente e pra trás, sem pressa, de olhos fechados. E sonhou que ela e Marmirolli dançavam, felizes, pelas ruas de Tirano.

2

Casamento é para sempre

O JOGO ia começar, Sport e Náutico, decisão do campeonato. Marcelo esperava por isso desde o ano passado, quando o Náutico perdera para o mesmo Sport. Hora de vingança. Ninguém na casa, poltrona do papai a postos, cervejas na geladeira, tudo pronto. Perfeito. Se houver céu, pensou, deve ser assim. Ia começar. Só se esqueceu de desligar o telefone. E o telefone tocou. O telefone sempre toca nas horas mais inconvenientes. Pensou em deixar pra lá, mas atendeu. E se arrependeu, na hora. Era Norma, falando com uma voz engrolada. Estava no Hospital Santa Joana e precisava conversar com ele. Urgente. Fazer o quê? Televisão desligada, um puta que o pariu, dois porras e lá se foi Marcelo.

Norma nunca ligava. Mas agora ligou. Coisa séria, com certeza. No carro, tentou atinar a razão do telefonema. E não conseguiu. Sem nada melhor a fazer, lembrou de quando estavam juntos. Norma era sua mulher. Ou primeira mulher, isso nunca soube explicar muito bem. Mulher porque era mesmo. Só que não era mais. Para todos os fins, menos aqueles de direito, agora tinha mulher nova.

Norma era uma pessoa extraordinária. E sempre foi muito compreensiva. Extraordinária por ser compreensiva. Para ele, pelo menos. E perdoava todos os seus exageros. Perdeu a conta das vezes em que chegou em casa mais pra lá do que pra cá. Ou das noites no baralho. Ou das mulheres. Sim, das mulheres. Era como se, para Norma, ele pudesse ter cem namoradas, não podia ter era uma só. Por ser médico, dava sempre a desculpa de estar atendendo pacientes. Mesmo sabendo que ninguém de bom senso iria acreditar. Mas Norma acreditava. Ou fingia. Marcelo sabia disso e achava bom. Para os dois. Para ele, que vivia como queria. E para ela, que vivia como achava que deveria viver. Até no caso do Cassino Paraguaio!, incrível, até naquele caso.

Coisa de doido. Estava no primeiro andar, com uma putinha, quando chegou o *amor* da tal *senhorita* — um caminhoneiro enorme, de quase dois metros, roliço como tonel de piche. *Mercedão*, assim era conhecido no lugar. Alguém disse a Marcelo pra se mandar. E havia boas razões para isso. Todas as razões do mundo. Que o homem, encachaçado, queria saber onde estava sua *namorada*. Marcelo vestiu as calças ligeiro, que herói não era. Nem queria ser. Mas não deu tempo de ir embora. Quando ia descendo a escada, o homem vinha já na metade. Subindo. E com uma garrafa de cerveja na mão. A descrição está errada. Com o gargalo na mão e a garrafa vazia como se fosse um tacape. Olhou para Marcelo com os olhos esbugalhados e começou a tremer de raiva. Não havia outro caminho para sair dali. Marcelo percebeu que estava perdido. E fez a única coisa que, na hora, pensou que poderia fazer. Voltou de costas os poucos degraus que descera de frente, deu alguns passos para trás, encostou-se na parede, respirou fundo, fez o sinal da cruz e voou com os pés no peito do motorista.

Rolaram os dois lá de cima, pela escada, até embaixo, no chão do estabelecimento. Chegaram embaralhados. Um vivo, outro morto. O vivo era Marcelo. A autópsia confirmou que o motorista morreu por fratura na base do crânio. Marcelo pagou a um tira, na Delegacia do Pina; e o fato foi descrito, no B.O., como queda acidental. Sem ninguém, no local, para testemunhar em contrário. Os jornais insinuaram que haveria um médico na cena do crime. Boatos, só boatos. Mas Norma sabia que era verdade. E quem era esse médico. Dava para ver nos seus olhos, quando a televisão noticiava o caso. Mas nunca falou nisso com ele. Graças a Deus.

E assim foi até quando Marcelo chegou em casa naquela noite. Norma estava com cara de poucos amigos. Pela primeira vez na vida. Fechou a porta do quarto e disse: "Soube por terceiros que você tem um filho." Marcelo respondeu bem calmo: "Se tivesse me perguntado, saberia por mim." Silêncio. "Você não vai registrar." "Já registrei, Norma." Silêncio de novo. "Então nunca mais vai ver esse menino." Marcelo demorou um pouco para responder, mediu as palavras e falou: "Norma, querida, nesse caso eu sou culpado. A mãe do menino é culpada. Você é culpada. Só o menino é inocente. E você acha que vou punir um inocente? Vou não, vou ser pai dele como sou dos filhos da gente." Então foi Norma quem pensou um pouco, mediu as palavras e falou: "Então você vai embora."

Para Marcelo, susto grande. Quase como se levasse um murro. Norma sempre fora generosa em tudo. Só que agora tinha mulher no meio. E o cenário, nesse caso, é diferente. Sobretudo se for algo público. Ou puder vir a ser. Pensou com calma e respondeu: "Quero não! Você é a mulher da minha vida. A outra foi aventura de uma noite." E Norma, inflexível: "Fica não, pode ir embora desta casa." Aí já era demais. "Minha filha, já disse que gosto de você. E que quero ficar. Mas, por favor, não me mande embora de novo que vou mesmo." E Norma tranquila, ou parecendo tranquila: "Pelo amor de Deus, faça o que lhe pedi." Marcelo arrumou as roupas que cabiam numa valise, o necessário para os primeiros dias, e foi mesmo. Sem esperar pelo dia seguinte. Acabou a noite na casa da mãe do menino e essa mãe gostou do arranjo.

Passaram-se dias, meses e anos. Atendendo a conselho de seu advogado, Marcelo chegou a falar em desquite duas ou três vezes. Para regularizar aquela situação. Norma sempre desconversava. Casou na Igreja e, como disse o padre, casamento é *até que a morte os separe*. Só que Marcelo, depois de ter cria com outra, não iria mais dormir na sua cama. Ponto final. As coisas, com o tempo, se arranjaram naturalmente. Marcelo garantia todas as despesas da casa; e, aos domingos, almoçava com Norma e os filhos. Como se ainda fizesse parte daquele lugar. Como se nada tivesse acontecido. E assim seguiu a vida, no seu compasso de valsa. Até hoje, quando Norma disse que precisava falar com ele. Que seria?

Chegou ao hospital e perguntou, a um colega, o que tivera sua mulher. Um AVC. No lado esquerdo do cérebro, comprometendo braço e perna do lado direito do corpo. A fala não, ainda bem. No quarto, estavam só Norma e os filhos. Sem sinal de médicos, enfermeiras ou visitas. Os olhos de Norma brilharam quando ele entrou. Disse "Grata por ter vindo" e pediu aos filhos que saíssem um pouquinho. Precisava falar com o pai deles. Saíram. Virou-se para Marcelo: "Feche a porta, por favor." Marcelo fechou.

Olhou para a mulher e percebeu que nem parecia ter 70 anos. Quando fora embora de casa, fez as contas na hora, tinha só 38. Parecia não ter mudado. Não mudara muito, seria mais próprio dizer. Ou não mudara para ele. E perguntou, em tom de voz que não era o seu, delicado até: "O que é que você quer?" Norma se ajeitou como pôde, no avental do hospital. "Quero fazer um pedido, mas só faço se você prometer que atende." Marcelo, com cara séria, respondeu: "Prometo." "Me dê sua palavra." "Dou minha palavra de honra. O que é que você quer?" Norma baixou os olhos, como se tivesse vergonha, e disse baixinho "Quero um beijo".

De todas as coisas que Marcelo podia esperar, nenhuma seria tão surpreendente quanto aquela. Mas honrou a palavra. Com prazer, mesmo. Ou orgulho. Depois, descreveu a cena para seu advogado: "Me abaixei e dei o beijo mais apaixonado que um homem jamais deu em uma mulher neste mundo, em todos os tempos." Coisa de cinco minutos. Até quando Norma parou de corresponder e ficou imóvel. Marcelo se afastou um pouco, olhou para a mulher e viu lágrimas escorrendo por seu rosto. Ela, de olhos fechados, apenas disse "Muito obrigada". Marcelo tentou conversar; mas Norma, sem abrir os olhos, permaneceu calada. Estava claro que o encontro havia terminado.

Pela primeira vez na vida, e última, Marcelo sentiu na pele a dor do remorso. Naquele momento, afinal, percebeu que o amor de Norma era mesmo como prometera na igreja. Até a morte. Que a mulher viveu aqueles anos todos na lembrança do passado que tiveram juntos. Que viveria o resto de seus dias lembrando aquele beijo. E agora foi ele quem ficou envergonhado. Por não se sentir merecedor. Então apagou a luz, saiu, fechou a porta com cuidado. Aos filhos, disse que a mãe deles estava dormindo e pediu que não entrassem no quarto por alguns minutos.

Foi até o elevador, tocou no térreo e andou até o carro sem pressa. Parecia um zumbi. Tirou a chave do bolso, automaticamente. Um flanelinha parou de lado, esperando a gorjeta de sempre: "Algum problema?, doutor." Foi quando Marcelo acordou do transe em que estava mergulhado, a vida correu de novo no sangue quente de suas veias, o universo retomou seu curso e tudo voltou a ser como antes. Marcelo viu que já era noitinha, levantou a cabeça, deu cinco reais ao rapaz e perguntou: "Quanto foi o jogo?"

3

De vida e de morte

ERAM duas famílias muito diferentes. Sobretudo nas contas bancárias. Em poucas palavras, uma era *venha a nós o Vosso reino*, outra *o pão nosso de cada dia nos dai hoje*. Mas numa coisa eram iguais, ao menos por um breve momento. É que havia, em ambas, filhos chegando. Esperanças diferentes, nos caminhos traçados pelo berço; embora iguais, na dimensão das esperanças. Problema é que tanta alegria tinha dias contados.

O filho que nasceria dos Pereira e Queiroz, logo os exames revelaram, sofria de uma cardiopatia grave. Inoperável, segundo todos os especialistas consultados. Viveria, no máximo, uma semana. Provavelmente menos. Dinheiro não compra tudo, agora sabiam isso na pele. Enquanto o filho dos Silva era anencefálico. Um feto sem córtex cerebral. Incapaz até de respirar, por lhe faltar comando biológico para tanto. Pior ainda. Com gestações avançadas, os fetos já não poderiam ser abortados. Seus pais teriam só que esperar o dia de enterrar futuros tão acalentados. Literalmente. Em pequenos caixões brancos.

Mas a vida se escreve, tantas vezes, por linhas tortas. E ninguém podia prever era que o médico das duas famílias fosse o mesmo. Os Pereira e Queiroz pagavam consulta cara, como clientes de seu consultório privado. Enquanto ele também atendia num hospital de periferia. Tinham o mesmo médico, era o que importava. E, dessa coincidência, nasceu a ideia de converter duas mortes certas em uma chance de vida. *Seja feita a Vossa vontade.* Como os fetos eram pouco mais ou menos da mesma idade, o coração saudável podia ser transplantado para o peito do cardiopata. E assim seria feito.

Os meses seguintes foram de preparativos. Com divergências pequenas, era mesmo inevitável. Os Pereira e Queiroz queriam que o nome do menino fosse o do pai — com, no fim, um *Júnior*. Enquanto os Silva preferiam Bento, em honra de seu santo protetor. Uma família queria que o menino torcesse pelo Náutico, a outra pelo Santa Cruz. Coisas sem maior importância, naquele momento. Decidiram que tudo seria definido só depois. Em conjunto. No mais, era como se fosse mesmo um filho só. Com duas mães e dois pais. Sonhavam em vê-lo formado. Já se viam com netos. E agradeciam, todos os dias, ao *Pai nosso que estais nos céus.*

O médico procurou, então, seu advogado. Para definir os procedimentos a serem seguidos. Esses cuidados passara a ter desde caso anterior, quando lhe foram apresentados exames de paciente que nunca vira. Com câncer terminal. Deu seu diagnóstico por escrito a um filho e ouviu dele que já sabia ter seu pai dois ou três meses de vida. No máximo. E fora encarregado, pela família, de lhe pedir a grandeza de assinar um laudo falso. Dizendo que estava bem. Posto que, sabendo ter morte certa e rápida, o pai desabaria. Morreria mais cedo ainda. O médico disse que iria pensar. Ligou para o amigo advogado e ouviu conselho de não fazer isso. Só que o médico, generoso como era, preferiu escutar o coração. Solicitou apenas uma carta, formalizando o pedido — que jogou, despreocupadamente, na gaveta da mesa em que trabalhava. E logo iria se arrepender de ter feito o que fez.

No seu consultório, dias depois, um cliente pediu à secretária que ele fosse até a sala de espera. Era o pai canceroso daquela história. Quando o médico apareceu, puxou um revólver e anunciou que iria matá-lo; para, depois, se matar. E explicou a razão desse ato, aos pacientes que lá estavam. É que o doutor errara no seu diagnóstico. E já era tarde, nada mais poderia ser feito. Ele, o canceroso, morreria. Por isso, considerava justo que também morresse o responsável pelo erro que o levaria à morte. O médico, em um lampejo, recordou aquele caso em que mentira por pressão da família de um paciente. Quem sabe fosse aquele. E pediu, apenas, para procurar uma carta na sua mesa.

Entraram todos na sala — secretária, os outros pacientes que presenciavam o drama, o médico e o canceroso. Nessa ordem. Quando o médico foi abrir a gaveta, o doente imaginou que ali poderia estar uma arma. E decidiu que faria isso ele mesmo. Sentou à mesa e encontrou a tal carta. O médico disse apenas, com toda calma, "Por favor, diga se reconhece a assinatura". O velho então leu, viu que era do filho, colocou o revólver de lado, recurvou-se, encostou a testa na mesa e começou a chorar. O médico avisou à secretária que, naquele dia, não atenderia mais ninguém. E ficaram conversando, somente os dois, por muitas horas. A vida é a vida. Mais tarde, lembrou-se do advogado. Compreendeu que, caso tivesse atendido ao seu conselho, nada teria acontecido. E decidiu que, a partir dali, o consultaria sempre. Especialmente no caso de agora, por haver muitas complicações com relação aos procedimentos.

As primeiras eram jurídicas. Em razão de não permitir a lei, no Brasil daquele tempo, que pessoas com menos de dois anos pudessem fazer transplantes. Seria necessário requerer autorização judicial. Conversaram com o advogado e souberam que o juiz poderia recusar. Escolheram outro caminho. Porque, havendo ou não essa autorização, iriam fazer o que achavam que deveria ser mesmo feito. E melhor fazer sem que uma decisão judicial proibisse.

Também decidiram que nada seria escondido. Enviariam, depois, dossiês às entidades médicas. Informando o fato e as razões daquela escolha. Elas que tomassem as medidas cabíveis, se assim entendessem. Depois. Importante, agora, era só proteger o filho que sobreviveria com aquele transplante. O mais parecia irrelevante.

Decidiram, igualmente, que a dor, nesse caso, não teria a dimensão de espetáculo. Não iria para o *Fantástico*. A imprensa ficaria longe. E ninguém ganharia nada, nessa empreitada. Nem hospital, nem médicos, anestesistas, enfermeiros ou advogado. Nada. *Perdoai as nossas dívidas*. Talvez a recompensa viesse depois. Num outro plano.

Havia, mais grave que tudo, complicações morais. Todos sabiam que o anencefálico talvez respirasse duas ou três vezes e, em seguida, com certeza morreria. Só que retirar do corpo um coração batendo era, de alguma forma, quase um assassinato. Por boa causa, com certeza. Mas a criança iria mesmo ser morta. Pelas mãos dos médicos. Os fins, naquele caso, justificavam tudo.

Quando o primeiro parto era iminente, as duas mães se internaram no mesmo hospital. O anencefálico nasceria primeiro. Por precaução estava pronto, no computador, laudo atestando a morte cerebral daquela criança. Tão logo nascesse, uma equipe iria preencher e assinar esse laudo. Para fins legais, estariam retirando o coração de um morto. Mesmo batendo. Morto para fins jurídicos.

Vieram as primeiras dores da dilatação. A mulher foi levada à sala de parto. Em mesa perto, a outra mãe se preparava para fazer uma cesariana. O segundo recém-

-nascido seria anestesiado. Para receber um coração novo. E viver. O clima no hospital, por estranho que pudesse parecer, era de euforia. Como dia de Natal. Ou final de Copa do Mundo. Como se todos ali se sentissem quase semideuses, interferindo no destino. Fazendo brotar uma vida no lugar de duas mortes certas.

Nasceu o anencefálico. Nem parecia uma pessoa. Era só um bolo informe de carne. Os médicos tentaram adivinhar, naquela deformação, onde se localizaria o coração que não batia. Embora sem certeza, chegaram a um consenso. E logo passaram a trabalhar diretamente sobre o local. Dando massagens. E choques elétricos. Sem resultado. Mais doloroso que perder um filho é ter nas mãos a chance de salvá-lo e não conseguir.

Em sequência essa pobre criança, ou o que fosse, acabou velada e enterrada. A segunda mãe voltou para o quarto. Ainda havia esperança de que surgisse outro coração, para permitir o transplante. Nada. Alguns dias mais, o menino nasceu. E também morreu. Como previsto. Após o que se seguiram novo velório e novo enterro. Dois caixões iguais, plantados na mesma terra. *Santificado seja o Vosso nome, assim na terra como no céu.*

4

O dedo de Deus

FÁTIMA tinha quarenta e poucos anos. E, apesar de jovem, já sofrera o suficiente neste mundo. Não teve filhos. E perdeu seu marido antes da hora. De repente. Coisas do coração. Funcionária pública, sua obrigação era só dar expediente na repartição, ir à missa e ficar em casa. Vendo televisão. Sem mais esperanças de novidades. Nem mesmo de ganhar na Mega-Sena, que para isso era preciso apostar. E ela não iria gastar seu pouco dinheirinho num jogo. Ocorre que, e disso não tinha então como saber, essa vidinha sem graça iria virar de cabeça para baixo.

Tudo começou quando passou a sentir dores no estômago. Muito estranhas. Marcou hora num hospital e fez os exames requeridos. Seu médico pediu opinião de colega, especialista em oncologia. Estava mesmo com câncer. Era o que já sabia, no íntimo. Foi como um terremoto, por dentro. Via o mesmo acontecendo com os outros, sem jamais pensar que também poderia se dar com ela. Sendo católica, ficava mais difícil ainda se conformar. Por ter sido sempre correta nas suas obrigações com o Senhor. E não era justo que tivesse paga tão dura. Fazer o quê?

De tanto ouvir falar mal dos médicos da cidade onde morava, decidiu ir conferir em São Paulo. Dinheiro não era problema — e, se fosse, ia ser grande. Porque não tinha. Mas seu plano de saúde cobria tudo. Viajou e fez novos exames, com nova junta — de três médicos, agora —, confirmando aquele diagnóstico anterior. Dúvida nenhuma. Seu destino seria suportar o martírio de quimioterapia, queda de cabelo, perda de peso, gripes e doenças próprias da baixa imunidade que passaria a ter em razão do tratamento.

Voltou para o Recife, internou-se e tomou as drogas da primeira fase do tratamento. Passou mal, como previsto. Vomitava todo dia. Deixou de trabalhar. Os cabelos caíram. A vida perdeu qualquer sentido. Seu Deus, em que tanto acreditava, lhe parecia cada vez mais distante. Indiferente à sua sorte. Foi quando começou a pensar em diminuir tanta angústia. E passou a ver o suicídio como algo lógico. Já que iria mesmo acabar num cemitério, melhor antes que depois de tanto padecimento. De tanta angústia. Deu um balanço na vida e percebeu que não faria falta para ninguém. Até que aquela ideia não era tão ruim assim. Por estranho que pudesse parecer, estava quase feliz com a decisão que tomou.

Começou então a fase de escolher como passar da intenção ao gesto. Para começar, eliminou a hipótese de dar um tiro na cabeça. Primeiro, porque nem revólver tinha. E não considerou razoável pedir um emprestado. Alternativa seria comprar. Só que isso lhe pareceu desperdício puro. Tão grande gasto para tão pouco uso. Um tiro apenas. E segundo porque, simplesmente, não teria coragem de puxar o gatilho.

Passou então a considerar que poderia se jogar de um edifício. Foi até o mais alto que conhecia. O da Sudene. Subiu ao terraço e viu, lá de cima, pessoas andando lá embaixo. Bem miudinhas. Como se fossem formigas. Desistiu na hora. Porque o medo, com certeza, era mais forte que o desejo de morrer. Só se alguém ajudasse com um empurrãozinho. Mas não tinha como pedir algo assim a nenhum amigo. Sem contar que o tempo de voo até o chão, segundo os cálculos que fez, iria ser muito grande. E correria o risco de se arrepender no meio da viagem.

Decidiu, então, que melhor mesmo era um acidente de carro. Depois de muito pensar, o plano ficou pronto. Seria na madrugada. Entre segunda e terça. No bairro portuário do Recife, que nessa hora ninguém passava por lá. Morrer queria, mas não seria justo atropelar ninguém. Sairia da Ponte Giratória, passaria por trás dos armazéns do porto e, afinal, jogaria seu carro no muro da Marinha. Uma opção lógica. Que, por razões de segurança, o tal muro era reforçado. Grosso. De concreto armado — assim lhe pareceu, quando conferiu no local. E certamente o carro se derreteria, quando batesse nele. Com ela dentro.

Esperou até o fim do mês. Pagou todas as contas, mesmo as com vencimento futuro. Deixou anotado que desejava ser cremada, sendo suas cinzas jogadas no rio Capibaribe. O mesmo onde se banhava, pequenina. Lembrou versos de Austro-Costa, que a mãe vivia repetindo, e achou que era uma descrição perfeita do seu próprio caso: *Capibaribe, meu rio,/ Que vida levamos nós!/ Tu corres: eu rodopio.../ E há quarenta anos a fio:/ Sempre juntos — e tão sós*. Escreveu as cartas de praxe, explicando seu gesto aos amigos. E rezou muito, pedindo perdão a Deus pela fraqueza. Mesmo tendo sido abandonada por Ele, ainda assim tinha fé. Confiava ser perdoada. E acabar no paraíso.

Segunda-feira. Chegou a hora. Era uma noite sem lua e de maus presságios. Colocou seu Gol branco na posição imaginada. O carro era velho. Isso ia até facilitar, por ser material roído pela maresia. Com certeza não iria resistir a uma batida em alta velocidade. Rezou um terço inteiro, encomendando a alma aos céus. E olhou uma última vez para o mar, àquela hora todo negro. "Como a minha vida", pensou. E riu daquela comparação fora de propósito.

Ligou o carro. E começou a derradeira jornada. O pedal do acelerador chegou ao limite. No Marco Zero, meio do caminho, segurava com toda força a direção que tremia. Ela só não, o carro inteiro. Por causa dos paralelepípedos. Foi quando teve certeza de que não sentiria dor, ao chegar sua hora. Que os braços, naquela posição, estavam já dormentes. Passou pelo Moinho e viu, iluminado pelo farol, aquele muro que seria seu fim. O fim de tudo. Faltava pouco. Só não esperava é que o velho companheiro a fosse trair. E assim foi. Que uma roda se soltou. A da direita, na frente. E o carro começou a rodar. E rodou. E rodou. Até que, afinal, parou.

Fátima teve, antes, que deixar passar a tontura de tantas rodadas. Só depois abriu a porta. E viu algo, para ela, inacreditável. Primeiro, seu carro não capotou. E, depois, estava exatamente de frente para o muro. Faltando menos de um palmo para atingir o alvo. Foi quando teve uma visão. A de que, sem dúvida, tudo era obra divina. Passou então a tentar imaginar qual a mensagem por trás do acontecido. Que destino decidira o Senhor dar à sua vida. Para cuidar de marinheiros, certamente não era. Mas, então, seria o quê? Pediu aos céus um sinal. Foi quando, bem próximo, ouviu o choro de um bebê — que vinha da marquise de um edifício vizinho, ocupada por família de sem-teto. E aquele choro, para ela, teve o sentido de uma revelação.

Depois foram chegando mendigos, drogados, bêbados e um táxi. Por conta daquela confusão, alta madrugada, num local ermo como a beira do cais. Fátima abandonou seu carro à própria sorte. Com farol aceso e tudo. E sem nem se preocupar com o paradeiro da roda que fugira do eixo. Entrou no táxi e foi para casa. Naquele resto de noite, dormiu bem. Sem dores. Satisfeita. Não iria morrer. Apenas isso. Tudo aconteceu em razão de um propósito. E ela sabia, enfim, qual era.

O tratamento do câncer deixou pra lá. Se Deus lhe dera uma tarefa, não iria permitir que morresse antes de cumpri-la. Procurou um advogado amigo, contou como tudo se dera e preparou os papéis para adoção de uma criança. Passou a viver a vida como se fosse uma pessoa como as outras. Normal. Sem sentir mais nenhuma dor. E, olhando para ela, ninguém diria mesmo que estava doente. O tempo foi passando. A decisão que tomou acabou sendo correta. Pensou nos médicos que, com a ideia do câncer, quase a levaram ao suicídio. E decidiu morrer só depois do último. Avisada por um amigo que haviam morrido já quatro deles, pensou consigo mesma, rindo, "Ainda falta um".

No dia da Nossa Senhora que lhe deu nome, 13 de maio, Fátima foi correndo ao Lar do Neném. Em busca de uma criança disponível para adoção. Preferia homem, por razões que nem saberia explicar. Talvez para substituir o marido morto. Só que na hora, em vez de escolher, foi escolhida. Porque um menino bem pretinho, com pouco mais de um ano, pegou na sua saia e não havia maneira de tirá-lo de lá. Não largava, por mais que os funcionários tentassem. Fátima interpretou aquilo como outro sinal. O de que aquele era o menino que lhe estava destinado. Deu-lhe um beijo, comovida. E, poucos meses depois, era mãe de papel passado. À criança, deu nome de Cristiano. *Christi agnus*, como aprendera no colégio. O cordeiro de Cristo. E era mesmo, de alguma forma. O filho do Cristo.

5

A mãe que queria enterrar o filho

EDUARDO queria ver com seus olhos o desfile das escolas de samba, no Rio de Janeiro. Besteira, diziam todos. Não valia o esforço. Nem o risco, num tempo em que militares faziam o que queriam e não deviam. Como estava na luta armada, sabia das regras para evitar locais públicos. Só que algo, dentro dele, dizia não haver maiores problemas. Estava enganado, logo se viu. Ficou num hotelzinho barato de Copacabana. E na mesma noite em que chegou, assim que pôs os pés na calçada, foi preso por dois tiras. O jogaram num carro de placa fria. E ele desapareceu.

Um mês depois, bateram na porta do apartamento de sua mãe. "Dona Risoleta?" "Sim." Era um capitão. Se apresentou e falou: "É só para dizer que Eduardo está bem, lá em Resende, e quer livros e roupas." "Muito grata." A conversa parou por aí; que o capitão deu boa-noite e desapareceu de sua frente. A notícia, para ela, foi um alívio. Graças aos céus.

Manhã seguinte, informou-se de como poderia visitar o filho. No dia indicado, colocou a encomenda numa pequena sacola plástica, dessas de supermercado, e chegou cedo. Só que, na guarita do quartel, levou um susto. O guarda olhou numa papeleta e falou: "Não tem nenhum Eduardo preso aqui." "Então quero ver o capitão", e disse quem era. Outro susto; que o mesmo guarda, depois de olhar a mesma papeleta, encerrou a conversa. "Também não tem nenhum capitão com esse nome." Risoleta se desesperou. Da pior maneira, compreendeu que não veria seu filho. Nem mais tinha o que fazer, por ali. Voltou para casa. Mas decidiu que iria encontrar o tal capitão, custasse o que custasse. Custou. Mas encontrou. Em Ilhéus. E já era major. Viajou de avião e assim que chegou, mesmo bem tarde, foi falar com ele.

O militar a recebeu, na porta da casa, com cara de quem atende vendedores de enciclopédias. Sem mostrar qualquer emoção. Risoleta nem o deixou falar. "Dois meses atrás o senhor disse que meu filho estava em Resende, querendo roupas e livros." O major respondeu, somente, "Eu nunca falei com a senhora!". "Perdão, mas o senhor foi no meu apartamento." E ele, aumentando um pouco a voz, "Eu nunca falei com a senhora!!, já disse". "O senhor se lembre", era quase uma súplica, "por favor." O major balançou a mulher pelos ombros, com as duas mãos, e olhou nos olhos dela, bem dentro: "Não é possível que não entenda o que estou tentando dizer, mulher, eu nunca falei com a senhora!!!" Foi quando Risoleta compreendeu que seu filho estava morto. Disse "obrigada" e foi embora. A dor era tão grande que seu coração parecia uma pedra. E só mais tarde chorou, como devem chorar todas as mães que perdem seus filhos.

Os dias seguintes não foram fáceis, que a lembrança de Eduardo acompanhava Risoleta como um fantasma. Ela e um amor até então secreto do filho, reconhecível apenas pela letra *L* que vivia presa em correntinha no pescoço de Eduardo. E disso a mãe foi informada quando essa mulher veio lhe contar um sonho estranho que passara a ter. Com Eduardo e a dita *L* em um *iceberg* que se partiu. E *L* via Eduardo indo embora, num pedaço pequeno de gelo carregado pela correnteza, dizendo *não me abandone, não me abandone*. Risoleta lembrou de um verso de Neruda, *É hora de partir, oh!, abandonado.* Seja como for, agora era mesmo hora de o abandonado partir. Ainda que fosse num *iceberg*. Mesmo não parecendo justo perder o filho único tão cedo. Então encomendou missa na Igreja do Rosário dos Pretos, bem no centro do Recife. Chamou só a família e pessoas próximas. O padre falou da importância de lutar por ideais, da beleza de sacrificar a vida pelo próximo e da recompensa que os justos iriam ter no reino do céu. Risoleta gostou; mas trocaria todas aquelas palavras bonitas por ver o filho, nem que fosse uma última vez.

Depois que tudo terminou, um amigo antigo de Eduardo, hoje advogado, a procurou: "Qual a razão dessa missa agora?, dona Risoleta." A mulher demorou um pouco, antes de responder. Suspirou. E disse, como se estivesse falando para si mesma: "Quando um filho da gente morre, ele morre de vez. Mas quando desaparece é diferente. Fica um pedacinho, por trás do coração, teimando em não ir embora." Silêncio. E completou: "Fiz essa missa para enterrar o resto do filho que morava em mim." Só que não adiantou. De noite, voltou a mesma angústia. Continuou sem conseguir dormir direito. Afinal compreendeu que só teria paz, neste mundo, quando pudesse velar e enterrar o filho. E passou a tentar descobrir onde estavam seus restos.

Como se fosse pouco tanto sofrimento, passou a sentir muitas dores. Fez exames. O médico lhe mostrou um raio x, contra a luz fluorescente desses aparelhos que estão em todos os consultórios e explicou: "Dona Risoleta, infelizmente a metástase já tomou conta de todo seu corpo. A senhora tem, no máximo, dois meses de vida." Sem rodeios, como fazem os médicos americanos. Só para ouvir a mulher responder: "Morro não, doutor. Só morro depois de enterrar meu filho." A conversa não fazia sentido, para o médico. "A senhora me desculpe, acabei de mostrar seu câncer." "Morro não, doutor. Pode ficar tranquilo." E foi embora.

Quase cinco anos depois, ligou alguém do governo. Encontraram uma ossada que, por local onde estava e características físicas, deveria ser de Eduardo. Pediram para fazer DNA. Risoleta fez. E rezou para que os exames confirmassem aquilo que seu coração já sabia. Encontrara seu filho, Deus é pai. Mais longos dias de certidões, declarações, assinatura de papéis e, afinal, seu filho lhe foi entregue. Num caixão fechado. O velório mais parecia uma festa. Diferente dos outros, nesse ninguém chorava. Era como se todos estivessem, de alguma forma, aliviados. Contentes, até. Pelo fim daquele penar continuado. É melhor o fim de um espanto do que um espanto sem fim. Os companheiros do passado foram lá se despedir. E Risoleta realizou, afinal, seu derradeiro sonho — que era enterrar o filho.

Antes que os pedreiros começassem aquele trabalho de fechar o túmulo, tijolo por tijolo, Risoleta pediu a palavra e fez um pequeno discurso. Disse que estava feliz. E parecia estar mesmo, verdade seja dita. Agradeceu a todos terem ido ao cemitério. Ali estava seu filho — e apontou, com o dedo, o lugar em que o caixão estava depositado. À direita — de novo apontou, agora para um espaço vazio —, ficaria ela própria. Em pouco tempo estariam juntos, os dois. Para sempre. Naquela noite, depois de muitos anos, Risoleta deve ter dormido verdadeiramente em paz. E nunca mais acordou.

6

Morão, Rosa e Pimenta

José Almino era médico de fama, no Recife. Conhecido pelos dotes superiores, nas curas. E também, por amor à verdade se diga, por seu comportamento meio *diferente*. No hospital, por exemplo, era comum dizer ao paciente que estava cansado. Pedir para ele se afastar um pouco, na cama. E se deitar nela. Uma vez, já bem tarde, foi chamado para atender uma criança. Entrou no berço, colocou nela o termômetro e prescreveu um antitérmico. Depois de dar a medicação, e vendo um travesseiro disponível, adormeceu ali mesmo. Dentro do berço. Ele e o menino. Juntos. Os pais decidiram deixar tudo como estava. E acordaram, os dois, só na manhã seguinte. Curioso é que todos gostavam disso. Como se aquela intimidade fizesse bem a pacientes e familiares. Sem contar visões, que acabaram célebres. No diagnóstico de doenças que nenhum outro médico sabia quais eram. E, mesmo, em situações que nada tinham a ver com a profissão.

Certa noite, por exemplo, ligou para uma secretária e perguntou quem estava com o pai dela. Tratava-se de velho amigo, nem é preciso dizer. Ela, inutilmente, lembrou serem três horas da madrugada. José Almino disse, apenas, que precisava dormir. E não podia, que estava preocupado. A coitada, percebendo ser inútil argumentar, procurou o velho no quarto. Ninguém na cama. Foi até o terraço e viu que ele conversava com alguém. Perguntou quem era. "Um primo." Voltou ao telefone e disse que José Almino podia dormir em paz. Era gente conhecida. Casos assim aconteceram muitas vezes.

Só que agora era diferente, pois José Almino estava no papel de cliente. Chegou no escritório do advogado segurando, na linha do peito, um livro de quase 600 páginas. *Morão, Rosa e Pimenta*, primeiro compêndio sobre medicina no Brasil, reunindo trabalhos de dois médicos e um prático — Simão Pinheiro Morão, João Ferreira de Rosa e Miguel Dias Pimenta. "Qual é o caso?, amigo." Completando a saudação, perguntou a razão de andar segurando um livro tão grosso. "É que estou sendo ameaçado de morte. E o coração fica protegido, que uma bala com certeza não atravessa tantas páginas." O advogado sabia que uma história como aquela poderia ser estranha com outros. Mas não para José Almino. E pediu só que explicasse melhor o acontecido.

Tudo começou, quase um mês antes, quando recebeu telefonema de madrugada. Uma voz, que nunca ouvira, disse apenas "Ocê vai morrer!, tô só avisano". José Almino, que também tinha fama de macho, respondeu na hora: "Só porque estou comendo sua mulher?, corno safado." Sem mulher nenhuma no meio, claro. Respondeu só por responder. E essa resposta é importante para entender o que vai se passar, depois, com ele. O cidadão desligou. Mas a partir daí, e por quase todas as madrugadas seguintes, os telefonemas se repetiam. Sem parar.

José Almino e o advogado foram direto para o Dops. Na hora. E o delegado sugeriu instalar, no telefone da casa, um bina. Para saber de onde partiam as ameaças. Assim foi feito. E ainda bem. Que de domingo para segunda-feira, à meia-noite, houve nova ligação. José Almino anotou o número. Na telefônica, viu-se que era de um curso de inglês, Fisk, perto de um shopping center. A conclusão é que, sem dúvida, se tratava do vigia. Ou alguém próximo a ele — dada a constatação, óbvia, de que nenhum aluno frequentava o curso em um horário daqueles.

Nessa mesma segunda-feira, o delegado mandou prender o tal vigia. No fim da tarde, quando ele vinha chegando para trabalhar. E o deixou trancado, na cela, sem comer nem beber. "Para quebrar o moral do homem", confidenciou ao advogado. "O senhor sabe como é." O advogado não sabia como era. Mas achou melhor concordar com ele.

Terça-feira, meio-dia, no apartamento já estavam José Almino e seu advogado. Logo chegaram o delegado, um tira e o tal vigia. Tiraram-lhe as algemas. Ocorre que nada, na figura do homem, sugeria fosse alguém perigoso. Um assassino. Ao contrário, era só um sertanejo de jeito simples, enxuto de carnes, roupa de brim, alpercatas nos pés e tranquilo. Completamente tranquilo — apesar da fome, da sede e do constrangimento de ter sido preso.

Sentaram-se, em volta da mesa de jantar. O delegado falou grosso para o vigia: "O senhor está dizendo que vai matar?, meu cidadão. Que brabeza é essa?" O vigia, bem calmo, respondeu somente: "Tô dizeno não, sinhô delegado. Vô é matá mermo." Todos ficaram perplexos com tanta frieza. "Mas o que você tem contra o doutor?, homem", e apontou para José Almino. "O dotô conheço não. E tô veno ser persoá de bem. Vô matá é Ontonho" — assim disse, referindo-se a algum Antônio.

Ninguém entendeu nada. O advogado perguntou: "Mas, se quer matar esse tal de *Ontonho*, por que danado está ligando aqui para o doutor?" "Descurpe, mas num tô ligano pra o dotô não. Tô ligano é pra Ontonho. Pra ele sofrê um pôco, antes de morrê." O delegado decidiu começar pelo começo e perguntou como foi que essa história começou.

O vigia explicou: "É simples. Ontonho robô minha muié. E quem é decente num fai isso não. Era meu mió amigo, sinhô delegado. Tá errado. Fai não." O delegado ficou do seu lado, "Faz mesmo não". O vigia continuou. "Sôbe que ele trabaia de vigia, num desses edifício aqui na praia. Como num sei lê bem, nem me dissero onde é, peguei uma lista dessas amarelada e fui ligano pra todos os número. Um por um. Até que Ontonho reconheceu minha voz e confessô." O advogado lembrou a resposta de José Almino — *só porque estou comendo sua mulher?, corno safado*. E compreendeu tudo, sem precisar ouvir mais nada.

A partir daí, a preocupação de todos — menos do vigia — passou a ser evitar que o tal *Ontonho* morresse. O delegado disse que desistisse do projeto, senão seria preso. "Eu vô preso e ele vai pru cemitero. Pra mim tá bom." O delegado fez uma proposta. De que ele poderia dar a surra que quisesse, no homem, e a polícia não iria se meter no caso. "Quero não, prefiro matá o sem-vergonha." E continuaram, no proseado, até quando José Almino interferiu. E fez, ao vigia, um pedido pessoal. Já estavam íntimos. Era para desistir dessa doidice. E deu certo. "Tô deveno ao dotô. Num posso recusá pidido dele. Pois tá combinado. Mato não. Mas ele não merece, os sinhore pode acreditá."

Virou-se para o delegado e quis saber se a pisa estava autorizada. "Prego batido", confirmou o policial. E perguntou se podia ir embora. O delegado concordou, "Está liberado". Ele apertou a mão de todos os presentes. Recebeu, de José Almino, um dinheirinho para o almoço. E se mandou. Os outros ficaram conversando, ali, por mais algum tempo. Satisfeitos. Acabou tudo bem, graças a Deus. José Almino agradeceu a todos. O delegado, sabendo como tudo acontecera, pediu ao se despedir: "Doutor, se ligarem para o senhor de novo, com ameaças parecidas, por favor não responda nada. Só desligue o telefone." José Almino prometeu fazer isso. Mas, por dentro, sabia que nunca iria conseguir ficar calado. O sangue é quente. Fazer o quê?

7

O filho de Ana Maria

"Esse homem não é meu filho, doutor. Não pode ser."
Joaquim era réu numa ação de reconhecimento de paternidade. E o autor, já com 25 anos, produto do desencontro entre duas pessoas que um dia estiveram juntas e se perderam nesse mundão de meu Deus. Joaquim amava Ana Maria perdidamente. Problema é que Ana Maria, por respeito à verdade se diga, não gostava de Joaquim do mesmo jeito que Joaquim gostava dela. Bonita de rosto, e ainda mais de corpo, tinha outros pretendentes. E lhes dedicava uma atenção incompatível com aquela veneração de Joaquim. Assim foi até quando confessou que já não gostava dele como antes. Melhor se afastar. Joaquim concordou, meio constrangido, antevendo algo para ele impossível de aceitar — que seria o fato de ser traído. Mas nunca esqueceu

de Ana Maria. Tanto que, bem depois, confessou a seu advogado: "Se soubesse que a saudade iria doer tanto, teria resolvido esse caso de outra maneira." Só que acabaram se separando, era mesmo inevitável.

Pouco depois, Ana Maria mudou-se para a Bahia. E saiu da vida de Joaquim. Saiu da vista de Joaquim, melhor dizendo. Porque ficou presa, na sua memória, como tatuagem. Tanto que sonhava com ela todas as noites. E gostava daquele sonhar fora de hora, sem futuro e sem propósito. Quando o advogado perguntou qual o nome dela, respondeu somente "Amor da minha vida". Só que o produto desse amor da vida de Joaquim insistia em saber da verdade. Aquele registro como *filho de pai desconhecido*, na carteira de identidade, incomodava. Mais ainda, não conhecer o rosto desse pai que não tivera nunca. Os atores da trama ocupavam seus lugares. Joaquim, sonhando todas as noites com o passado que passara. A mulher, vivendo seu presente no seu papel de mãe sofrida. E o filho, vítima do destino, querendo um futuro diferente.

O filho de Ana Maria decidiu, então, vir ao Recife. Procurou Joaquim na loja. E disse que era seu filho. Sem rodeios. Dele e de Ana Maria. Ruim, para Joaquim, era sobretudo que a mulher nunca falara dele. Como deveria fosse mesmo filho seu, assim pensava. Ou não, pensava Ana Maria. Prova é que que nunca lhe pedira ajuda para nada. Joaquim olhou para um homem já feito, tentou vê-lo como filho e o que viu foi um desconhecido. Pediu que mostrasse os documentos. Viu que neles não constava o nome do pai. E prestou atenção na data de nascimento. Fez as contas, mentalmente, e se sentiu desalentado — ao perceber que, nos dias em que fora gerado, Ana Maria ainda fazia parte de sua vida. Mas nada, no rosto do estranho, confirmava essa suspeita. Poderia ser até seu filho, no sangue. Mas não era, por dentro. Não filho de verdade. E isso lhe disse com toda franqueza.

Resultado é que o filho de Ana Maria decidiu entrar com o tal processo. Joaquim declarou sereno, ao advogado, "Não vou reconhecer". "Mas o juiz vai mandar você fazer o exame de DNA." "Não faço. Ele nunca vai ter certeza disso." "E o que é que você quer de mim, Joaquim?" "Que ganhe tempo, doutor. Quem sabe morro antes." Anos depois, não podia ser diferente, Joaquim foi intimado a depor.

Na sala de audiências do fórum, entrou por uma porta com seu advogado. E o juiz mandou entrar, por outra, mãe e filho. Joaquim levou um susto, com a presença dela. Não esperava por isso. Olhou para Ana Maria, depois de tantos anos, e viu a mesma mulher de antes. Com o coração batendo fora do compasso. Em seguida o juiz perguntou, ao advogado, se o réu mantinha sua decisão de não fazer o DNA. Assim fosse, iria colher depoimentos e proferir a sentença naquela audiência mesmo. O advogado advertiu seu cliente de que seria condenado. Joaquim olhou para Ana Maria. Para o filho de Ana Maria. Para Ana Maria, novamente. Agora, já não sabia o que queria. Mas sabia o que não queria. E não queria era reviver dores antigas, naquela sala, com tantas testemunhas. E pior, para ele, com o *amor da minha vida* na sua frente.

Então perguntou ao juiz, quase como se pedisse ajuda: "Se fizer o DNA, o senhor dispensa os depoimentos?" O juiz disse que sim. A prova científica era suficiente. Joaquim olhou para Ana Maria, mais uma vez. "Então faço." Curioso é que não só Joaquim ficou satisfeito com a solução. Ana Maria também pareceu aliviada. Sem razões aparentes para isso, que lhe bastaria dizer como tudo acontecera. O advogado estranhou. Mas preferiu ficar em silêncio. Fim da audiência.

O exame foi feito segundo as regras de segurança adotadas então pelo Tribunal. Com o sangue, tirado no Recife, indo até Minas Gerais — onde ficava o laboratório que fazia esses exames. O tempo foi passando. Até quando chegou, ao escritório do advogado, o resultado. Enquanto abria o envelope, uma secretária ligou para Joaquim. Ele atendeu antes que o advogado conseguisse localizar a conclusão do laudo. Após muita conversa jogada fora, e muitas páginas viradas, afinal o resultado. Joaquim não era pai. Então, satisfeito com o inevitável desfecho da ação em favor de seu cliente, disse: "Joaquim, está ouvindo?" "Estou, doutor." "Você não é o pai." Silêncio. O advogado insistiu: "Joaquim, vamos comemorar que você não é o pai." Foi só acabar de falar e o cliente gritou: "Essa puta!!!" E, junto com as palavras, o som de plástico se quebrando — que o advogado interpretou como sendo ele se vingando no telefone.

O advogado esperou que Joaquim ligasse logo depois e nada. Então compreendeu que doía nele, mais que ter sido abandonado, a traição. Compreendeu que a mãe nunca dissera ao filho quem era o pai simplesmente por não ter certeza. Criara seu menino sozinha, sem ajuda nenhuma. Com a insistência do filho, falara de Joaquim só porque morava longe. E estava bem de vida. Ao contrário dos seus demais casos. Sem contar que já nem sabia onde andavam alguns desses outros. Nunca imaginou foi que o filho pudesse vir até o Recife, na busca do pai anunciado. Menos ainda que, sem antes conversar com ela, decidisse entrar com o tal processo. O advogado compreendeu, também, por que ficou tão constrangida na audiência. Era receio, e vergonha, de que o exame revelasse o seu segredo.

Dia seguinte, Joaquim ligou. Para se explicar pelo destempero da véspera. O advogado aproveitou e perguntou: "Você preferiria que tivesse dado positivo?" "Preferia sim. O senhor não tinha nada de ter insistido para que fizesse o exame." Silêncio. "O senhor sabe, doutor, o que é sonhar com uma mulher todas as noites e, depois de velho, descobrir que ela era puta?" O doutor disse qualquer coisa sem importância. "Pois é, doutor, ontem não consegui mais sonhar com ela. Dormi mal." "Isso passa, Joaquim." "Passa não, doutor. É muito ruim." "Perdão, Joaquim." "Desculpe, doutor, mas não vou poder lhe perdoar nunca." E desligou.

8

A mulher que vivia só

DÓRIS era filha única de dona Filipa — uma portuguesa que vivia da pensão deixada pelo marido e de vender pratos de bacalhau preparados em casa. Dóris colaborava nos preparativos, mas nunca se interessou muito pela cozinha. Tanto que perdeu, depois de morta sua mãe, o caderno em que anotava todas as receitas. Uma relíquia. E nem se incomodou com isso. Estudou em colégio de freiras e virou funcionária da Prefeitura. O salário era pequeno, mas dava para os gastos. Como lhe coube como herança o apartamento, pelo menos aluguel não pagava. Depois se aposentou. E a vida corria sem sobressaltos.

Por conta de um temperamento retraído, andou sempre só. Calada e só. Nunca teve namorado. E quase não saía de casa. Seu aniversário de 60 anos, por exemplo, comemorou em pizzaria modesta, só com os amigos que tinha — uma prima que lhe era mais próxima, Diana, e mais três casais. Em troca, ficava todas as noites no computador ou fazendo palavras cruzadas. E era feliz. A seu modo, era feliz.

Os hábitos, com o tempo, passaram a ser cada vez mais estranhos. A sala vivia cheia de sacos. Todos fechados, cuidadosamente, com fita crepe. Num, ficavam tampinhas de requeijão — lavadas e separadas por marcas. Noutro, bulas de remédios. Um com canetas Bic já sem tinta. Outro com vidros de remédios usados. Outro mais com garrafas vazias de ketchup. Como na sala já não cabia mais nada, os novos sacos eram postos dentro dos armários, no banheiro, no quarto. Sem contar pilhas por toda parte, onde coubesse — de revistas velhas, de palavras cruzadas feitas e de folhetos de viagem colecionados por quem nunca saiu do Recife. Como ninguém a visitava, esses entulhos não representavam qualquer problema para ela. Só a prima Diana entrava na casa. E acabou se acostumando com essas esquisitices.

Fosse pouco, lavava as mãos a cada meia hora. Com receio dos micróbios. Para não contaminar os alimentos, quando os preparava, só tocava neles com luvas de borracha; e usava lenços de papel, brancos, nas refeições. Para biscoitos, tarecos e pequenos pedaços de comida, usava palitinhos de comida japoneses. Talheres eram esterilizados em uma chaleira, depois de usados. E Dóris considerava tudo isso normal. Para ela, pelo menos.

Ruim é que o peso da idade, pouco a pouco, passou a cobrar seu preço. E piorou quando, num banho, caiu no chão e não teve forças para se levantar. O chuveiro elétrico aberto, a água fervendo, a pele queimando e ela sem conseguir pedir ajuda. Para sua sorte, durante o *Jornal Nacional*, ligava sempre a prima Diana. Só para saber se estava bem. Naquela noite, o telefone disparou três vezes. Sabendo que nunca saía de casa, e temendo alguma desgraça, Diana foi para o apartamento. Usou chave reserva que tinha, entrou, escutou o barulho do chuveiro e afinal encontrou Dóris. Com queimaduras de terceiro grau por todo o corpo. Passando a coitada quase um mês no Hospital da Restauração, até sarar.

As marcas pelo corpo, com deformações generalizadas, eram o de menos. Problema sério é que Dóris foi emagrecendo. Cada vez mais. E o olhar ficando meio perdido. Diana compreendeu que já não podia ficar sozinha. E a levou para morar na sua casa. Por pouco tempo. Que, um mês depois, a convivência se mostrou impossível. As manias de Dóris enlouqueciam quem estivesse por perto. E ela findou num abrigo. Sem dinheiro para custear essa estadia, os primos tiveram que se cotizar. E lá se foi Dóris conviver com 40 ou 50 velhinhos como ela. A maioria, sem conseguir nem conversar. Olhando para ninguém. Para o nada. Até o dia em que disse, a Diana, que desejava falar com um amigo advogado.

Esse advogado, quando criança, ia com o pai à casa de dona Filipa. Em busca dos tais pratos de bacalhau.

Se conheciam desde aquele tempo. E permaneceram próximos, pela vida. Tanto que ele e a mulher compareceram àquele aniversário de 60 anos de Dóris.

O doutor foi à creche. Diana o levou até uma salinha reservada. Dóris, fraca demais, não se levantou. Pediu para conversar apenas ela e o advogado. Assim foi. "Tudo bem?, querida." "Tudo bem, doutor. A casa aqui não é muito limpa mas dá para suportar." "E em que posso ajudar?" Ela foi direto ao ponto. "É o seguinte, amigo. Decidi casar e queria lhe pedir para arranjar um marido." O advogado esperava tudo menos isso. Mas não viu razões para contrariar Dóris. E respondeu, na esperança de que ficasse um pouco menos angustiada: "Não vai ser difícil, que você deve ter um número enorme de pretendentes." Dóris, então, confessou: "Aqui para nós, faço muita questão não de ter marido. O que quero é uma filha." Outro susto. "Tem certeza?, Dóris." "Tenho, doutor, minha vida não tem sentido como está. Vai se chamar Filipa." Mesmo nome da mãe. O advogado percebeu que essa esperança era importante, para sobreviver naquele mundo. E respondeu, somente, "Vou providenciar".

Dóris riu pela primeira vez, naquele dia. Seu rosto parecia mais o de uma criança. Virou-se para o advogado e disse: "Venha para perto que quero lhe dar um beijo!" O doutor recebeu esse beijo como algo muito especial, agradeceu, disse "Deixe tudo comigo" e saiu. Foi até a portaria com Diana e uma cuidadora que se queixava dela sem parar. O advogado ponderou: "Tenha paciência que ela não é mais quem foi." "Pode ser. Mas é complicado." Se despediram. O doutor chegou a uma rua lateral, bem calma, onde estava seu carro. Abriu a porta e, aproveitando o fato de não haver ninguém por perto, ficou em pé, parado, olhando para o alto.

Lembrou que Dóris fora uma bela mulher, no passado. Que perdera muitas chances de casar e ter sua Filipa, no tempo certo. Compreendeu a dimensão do arrependimento por ter tido uma vida sem marcas. E o vazio que deveria sentir nas horas de lucidez, por sorte cada vez mais raras. Antes de entrar no carro, acendeu um charuto e tirou do bolso um lenço. O calor era grande, mas o que molhava seu rosto não era suor. Eram lágrimas. Dois dias depois, ligou Diana. Para avisar que Dóris acabara de morrer. Engasgada com um pedaço de carne.

9

O marido, a mulher e o dentista

MARILDA chegou de surpresa. O advogado acendeu um charuto e ficaram conversando sobre assuntos sem maior importância. Depois de tantos anos trabalhando, sabia só pelo olhar que algo não ia bem com aquela mulher. Dinheiro não era, com certeza. Nem podia ser assunto de saúde, que ele não era médico. Então arriscou a pergunta: "E como vai o casamento?, minha filha."

A mulher não demonstrou surpresa. Respondeu, conformada, que já não era como antes. Algo natural, para ela, depois de tantos anos. E mudou de assunto. Só que o advogado percebia tristeza na sua fala. Sentia que viera para desabafar. E prosseguiu na mesma linha:

"Você está namorando alguém?" Ela respondeu, indignada: "Não, de jeito nenhum, o senhor me conhece." O doutor insistiu. Ela continuou negando: "E eu ia lá fazer uma coisa dessas com meu marido?" Conversa vai, conversa vem, e disse ter conhecido um dentista. "Coisa sem maior importância", completou. Mas continuava na mesma angústia. E com os olhos apertados.

O doutor percebeu que ela não iria conseguir desabafar sem ajuda. E decidiu ir mais longe. "Mas chegou a ir num motel?, minha filha." Marilda quase pulou da cadeira. Protestou. O doutor era um amigo da família. Sabia que ela não era mulher disso. O doutor insistiu. "Tudo que me contar aqui é segredo, você sabe disso." Marilda baixou os olhos, ficou algum tempo em silêncio e, afinal, confessou que foi bom. Mas o coração estava dividido. Sentia que não era certo. E não conseguia deixar de aceitar os convites do amante.

"Aconteceu algo mais?, minha filha." "Aconteceu. Meu marido está muito desconfiado. Vai acabar descobrindo. Outro dia chegou a perguntar se o estava traindo." "E você, disse o quê?" "Neguei, claro. Só podia negar." O advogado olhou nos olhos dela bem dentro e perguntou: "E por que é que está namorando esse homem?, Marilda." A resposta o deixou desconcertado: "Porque, com ele, me sinto viva." Seus ombros então relaxaram. O doutor sabia, qualquer pessoa de bom senso saberia, que aquela situação era muito ruim para todos. "E agora?" "Sei não, amigo. Por isso vim conversar. Para tomar um rumo na vida."

O doutor pensou um pouco e perguntou algo que Marilda não esperava: "Você ainda gosta de seu marido?" A resposta dela, com ar de quem não estava muito certa do que dizia, foi "Gosto, ainda gosto. Só que, ao que parece, ele não gosta mais de mim. E não se pode manter um casamento assim. Não tem como dar certo". A conversa terminara. O doutor disse que iria pensar no caso. E sugeriu confiar no destino. Após o que Marilda voltou para sua casa e sua vida. No dia seguinte, bem cedinho, o doutor iria ter outra surpresa.

Veio falar com ele o marido. Querendo ajudar sua mulher, o doutor não falou na visita da véspera. Perguntou como andavam as coisas. O marido então disse aquilo que o doutor já sabia, mas fingiu que não. Contou que tudo levava a crer que estava levando chifre. E confessou que a sensação de ser corno era muito ruim. O doutor ponderou que não acreditava nisso. "E você acha que uma mulher como a sua iria traí-lo?" "Sei não, sei não. Mas desconfio que, se ainda não levei, vou acabar levando qualquer hora dessas."

O doutor conduziu a conversa por outro caminho. E fez a mesma pergunta da véspera, trocando só de ouvido. "Me diga uma coisa, meu filho, você ainda gosta de sua mulher?" O marido esperava tudo menos algo assim. "Gosto, amigo. As coisas não são mais como antigamente, perdoe a sinceridade. Mas gosto." E o doutor: "Não parece." "Gosto, sim." Contou que andava cheio de problemas, o dinheiro no trabalho andava curto, os filhos exigiam cada vez mais, tudo atrapalhava a relação. A mesma história de muita gente boa. Foi quando o doutor sugeriu tentar reconquistar Marilda. Enquanto era tempo. O marido prometeu seguir seu conselho e se despediu.

Foi o marido sair e o doutor telefonar para a mãe de Marilda. Contou tudo aquilo que ouviu dos dois. Perguntou como poderia ajudar. A mãe ficou em silêncio por longo tempo. Respondeu, secamente: "Fique fora disso, meu amigo, que esse assunto resolvo eu." E desligou. O doutor ficou sem saber o que ela faria. Mas rezou para que tudo acabasse bem.

A mãe de Marilda, na mesma hora, foi bater no consultório do tal dentista. Sabia quem era, de Marilda já ter falado nele. Não como namorado, só que tratava dos dentes. Mas não podia ser outro. Pagou a consulta, recebeu ficha e ficou esperando. Quando a secretária disse que era sua vez entrou, trancou a porta do consultório, balançou a chave no ar (para que o dentista visse) e a colocou na bolsa. O homem não fazia ideia do que estava por acontecer. Aquela mulher, nunca vira. Nem entendeu a razão de ter guardado a chave. Foi quando a mãe disse que não era consulta. "Em que posso servi-la?" "Em nada, seu desgraçado. E nem tente mentir, que já sei de tudo." "Tudo o quê?, minha senhora." "Que você está namorando minha filha!, era só o que faltava."

O homem respirou fundo. Sem protestar. Não podia, dado ser evidente que a mulher sabia de tudo. Estava na cara que sabia. A mãe sentou e, olhando bem nos olhos dele, falou: "Olhe aqui, meu senhor. Não sei se sabe, mas minha filha não trabalha e tem gêmeos para criar." E perguntou, em seguida, se ele estava preparado para sustentar os três. Direto. Sem rodeios. O dentista nem precisou pensar muito. Que não era tão grande assim, o seu amor. Na verdade, pensou mas não disse, era só mais um desses romances como os que tinha sempre. Que vêm e que vão. Coisa ligeira. Para matar o tempo. Então respondeu: "Não, minha senhora. Estamos só nos conhecendo. É muito cedo. Não dá para abandonar minha mulher para assumir família nova, de um dia para o outro. Não dá, desculpe."

"Sem problemas." A mãe conhecia bem esse tipo de gentinha. "Então, faça o favor de pegar no telefone e acabar o namoro agora mesmo, seu dentistazinho de merda." Foi só acabar de falar e o dentista trouxe o aparelho para a frente dele. Ligou e, numa voz melosa, falou de como fora o dia. Recitou um verso desses bem conhecidos de Vinicius de Moraes. E concluiu: "Marilda, são muitos problemas, penso que seria melhor a gente dar um tempo." A mãe de Marilda botou o dedo indicador na cara do dentista, balançando num sinal de não, mostrando que a conversa estava errada. O dentista trocou de caminho: "Pensando bem, Marilda, minha vida está muito complicada, é melhor a gente acabar de vez." E desligou. Sem uma palavra carinhosa. O tom de voz era o mesmo de quem falava com um despachante. A mãe de Marilda ficou ainda mais indignada com aquele palavreado chinfrim. E se perguntou como é que a filha tinha se deitado com um traste daquele.

Olhando para a mulher, o dentista disse: "Pronto, acabado, está satisfeita?" "O senhor me desculpe, mas o que estou mesmo é puta da vida." Ele disse que iria devolver o dinheiro da consulta. "Quero não, o senhor deve estar precisando." O dentista percebeu que melhor era ficar calado. Foi quando a mãe completou: "Agora fique o senhor sabendo que, a partir de hoje, se o encontrar a menos de 50 metros de minha filha, num cinema, num shopping, onde seja, denuncio no Conselho de Odontologia, ponho anúncio no jornal, vou acabar com sua vida. Estamos entendidos?" E o dentista respondeu: "Perfeitamente. Estamos entendidos." A mãe de Marilda foi embora. Com a sensação de dever cumprido. Contou a história ao amigo advogado. E não falou do encontro com mais ninguém.

Dias depois, chegaram Marilda e o marido. Agora não mais no escritório. Em sua casa. E com uma caixa de puros, na mão. O doutor agradeceu a visita e o presente. Acendeu um dos charutos e elogiou a qualidade. Sem saber direito, ainda, o que iria acontecer. Mas logo relaxou. Tinham ido só agradecer os conselhos. No próprio dia da conversa, o marido veio do trabalho com flores. Sem desconfiar, claro, que a mulher estava novamente disponível. Ao doutor, o marido disse que as coisas andavam agora muito bem. Marilda não falou do telefonema que recebera do amante. Disse que tudo voltara a ser como antes. Coisa de Deus. E fez ao marido, ali mesmo, juras de amor eterno. O doutor achou que as juras eram falsas. Mas isso não disse. Marilda completou afirmando ser, ele, o homem de sua vida. E se benzeu. Pecado, pensou o doutor. Pecado mortal. Mas isso não era com ele. Era com a Igreja. O doutor lembrou-se, por um momento passageiro, do dentista. Tentou imaginar onde andava. O que acontecera com ele, depois daquele incidente. Mas logo percebeu que isso não tinha nenhuma importância, para ninguém. E continuaram na conversa, por mais algum tempo. Estavam os dois felizes. Ou pareciam estar.

10

O professor revolucionário

OCTÁVIO nasceu e viveu para estudar. Tanto que acabou professor na Faculdade de Direito do Recife. E membro de uma dessas academias de Letras. Discreto por temperamento, vivia sempre longe de problemas. Da família, dos outros, da política. Sobretudo naquele tempo em que os militares mandavam e desmandavam. Com filhos já casados, afinal podia passar o tempo como sempre sonhou. Até o dia em que o ministro do Trabalho veio fazer conferência na faculdade. Dia péssimo, logo veria. Péssimo para Octávio.

Por cautela escutou calado, na sala de aula, tudo quanto disse o tal ministro. Desse discurso, depois, lembraria só uma frase "A alma é maior que o homem". Um lugar-comum. E não gostou nada. Começou a contar os minutos para ir embora. Problema foi que, depois da conferência, o diretor convidou todos os professores para um encontro no seu gabinete. Convite com cara de intimação. E lá se foi Octávio, levemente irritado. Levemente não, puto da vida seria uma definição mais fiel do seu estado de espírito. Fosse pouco, dito ministro falava como se estivesse na casa-grande dos antigos engenhos de cana. Olhando os outros de cima. Imaginando-se, talvez por ser íntimo dos generais, alguém superior. Octávio decidiu que estava na hora de ir embora. E melhor tivesse ido. Pois logo o homem afirmou, como se fosse algo natural, que "O povo não pensa".

Octávio entalou. O governo podia fazer o que bem entendesse. "Quem tem bala manda", assim se dizia na sua terra. Mas achar que o povo não sabe o que está acontecendo, ou vai obedecer para sempre, é muita prepotência. Quase um insulto. Porque Octávio se considerava parte desse povo. Olhou para ele e pensou: *paulistinha de merda*. Seu estoque de paciência estava perto de se esgotar. Só que, desgraça pouca é bobagem, o diretor pediu que agradecesse a presença do convidado. Em nome dos outros professores. Octávio não queria. Mas teve que falar. E, por entalado estar, começou: "Há quem diga que o povo não pensa. Está errado. O povo está é proibido de dar opinião, por causa da censura." Aproveitou e falou, como professor que era, das garantias que a Constituição assegurava aos cidadãos. E da liberdade, como valor básico das democracias.

O ministro não gostou dessas palavras. Considerou provocação. Razão pela qual, talvez por estar acostumado, pôs o dedo no nariz de Octávio e disse: "É melhor o senhor ficar calado." Octávio, sem nem pensar, também colocou seu próprio dedo no nariz ministerial. E respondeu: "Melhor ainda é que fique calado Vossa Excelência." O ministro, com o rosto vermelho de raiva, disse boa noite aos presentes e foi embora. Sem se despedir de ninguém. Nem do diretor da faculdade. Octávio também se mandou. Mas já era tarde.

Alguns dias depois, iria se arrepender ainda mais de ter dito o que disse. Quando um sujeito fardado lhe entregou intimação para responder a um IPM. Esses inquéritos policiais militares eram comuns, naqueles tempos. E quase nunca findavam bem para quem respondia. Tremeu dos pés à cabeça. Deixou de dormir. Fazer o quê? No dia e hora marcados, compareceu ao quartel do IV Exército com seu advogado. No outro lado da rua em que ficava a faculdade. Em frente. Lembrou do que diziam seus amigos, dessa proximidade geográfica: "A lei e a força marcham juntas." Nessa frase, nunca viu graça nenhuma. E agora, quando ia provar o peso da tal força, menos ainda. Mas não dava para voltar no tempo e consertar o malfeito. Foi conduzido à sala de interrogatórios. E um militar, que pelas fitas no braço Octávio considerou ser cabo, começou logo a perguntar por que um *simples professor* (assim disse) teve o *desplante* de ofender um *ministro de Estado*. Octávio, nesse momento, sentiu uma paz como nunca teve. Coisa dos céus. Nem consultou seu defensor e respondeu tranquilo, como se estivesse conversando em casa com sua mulher: "Não estou entendendo, meu senhor, o que foi mesmo que eu fiz?"

"O que o senhor fez? O que o senhor fez?? Acha pouco ter posto o dedo no nariz de um ministro da *Revolução*???", disse o cabo (ou aquele que Octávio pensava ser cabo) — aumentando o tom de voz à medida que as palavras iam sendo ditas. Octávio respondeu na hora: "Isso eu posso explicar. É que não conheço como o pessoal de Brasília conversa. Nem educado sou. Isso percebi quando o ministro começou a falar. Num estilo de gente fina. Tentei imitar sua fala e seus gestos. Só fiquei atrapalhado quando ele pôs o dedo no meu nariz. E pensei comigo: na minha terra, isso é muita falta de educação. Mas, em Brasília, deve ser natural. Então, para copiar o ministro, só por admiração, repeti o gesto dele." O cabo calado estava e calado ficou. Perplexo com a explicação. Octávio continuou: "Agora, por favor me explique, o senhor está insinuando que o ministro é mal-educado?" E completou: "Vou defender o homem. Ele é pessoa finíssima." Nesse momento, outro militar que Octávio, novamente pelas fitas (agora nos ombros), considerou ser tenente, lá dos fundos da sala, gritou para o cabo: "Manda esse filho da puta embora." E Octávio foi. Ligeiro.

Ao sair, respirou aliviado. Se benzeu três vezes — Pai, Filho e Espírito Santo. Agradeceu ao amigo advogado, por tê-lo acompanhado naquela manhã. E decidiu nunca mais se meter em confusão nenhuma. Após o que seguiu na vida, tranquilo, calado sempre.

Até quando, no semestre seguinte, o mesmo diretor anunciou que um general, ministro da Educação, iria fazer conferência na mesma faculdade.

Octávio decidiu que lá não poria os pés. Era a maneira mais segura de evitar confusão. Ocorre que, na véspera desse dia (que depois se revelaria fatídico), o diretor ligou para todos os professores. Não mandou ligar, ligou ele próprio. Informando que todos deveriam prestigiar o evento. Ao fim do que acrescentou que consideraria qualquer ausência como desfeita. Octávio ficou se maldizendo. Teria que ir. Sem nenhuma vontade, mas iria. Para sair logo depois que o general falasse, o plano era esse. E bate-boca de novo, nem pensar. Ele poderia dizer tudo que quisesse. O barulho anterior era coisa do passado. Enterrado "nas brumas remotas de um passado cinzento" — repetiu, baixinho, palavras que ouvia sempre do seu velho pai.

No dia seguinte, por grande azar, acordou mais tarde que de costume. Do que deveria. Bem mais tarde. A mulher, sem saber de nada, levantou antes e saiu devagarinho do quarto. Para que dormisse um pouco mais. Eram quase 9 horas, quando já deveria estar começando a fala ministerial-generalícia. Octávio nem café tomou, se vestiu ligeiro e correu para o carro. Pior é que, quando chegou à faculdade, não havia mais vagas. Como todos os professores compareceram — alguns por patriotismo, a maioria por receio de perder o emprego —, estavam já fechados os portões do estacionamento. Octávio começou a suar. Do primeiro problema escapou, sem maiores consequências. Por sorte ou colaboração dos santos. Agora, não. Ele no carro, e o carro rodando, e o tempo passando, e lugar para estacionar nenhum. Quase desesperado, olhou para o lado e viu as vagas que, na rua, eram destinadas ao IV Exército. Bem na porta do quartel. Em frente à Faculdade de Direito, isso já foi dito. O mesmo em que estivera, um ano antes, para responder àquele miserável IPM. E viu haver lá uma vaga para carro. Decidiu seguir em frente, por puro bom senso. Depois, repensou a situação, dado não haver outro local disponível por perto. E o medo de perder seu ganha-pão foi mais forte. No chão, pintado com tinta amarela, leu o nome do dono da vaga: *Capitão Pereira*. Disse para si mesmo "obrigado, capitão Pereira" e apontou seu carro para a vaga.

Na hora de estacionar, ainda hesitou. Mas precisava do salário de professor, mesmo modesto, para sobreviver. Então disse "abaixo os escrúpulos da consciência" e riu, por ter usado palavras em voga naquele tempo. Deixou o carro na bendita vaga e foi correndo para a faculdade. Cumprimentou o diretor, ao entrar na sala. E conseguiu lugar só na última fila. Achou até bom, que assim ninguém prestaria atenção nele. A ideia era passar uns 15 minutos e, depois, cair fora. Antes que o dito capitão Pereira chegasse para trabalhar no quartel. Mas foi só sentar e começar a se arrepender.

Em sua mente, via o capitão e sua cara feia, percebendo a vaga ocupada pelo carro de um civil — no caso o dele, Octávio. Uma provocação. Não ao próprio, que era só capitão. Aos militares por ele representados. Coisa de comunista. Via o capitão chamar o guincho. E via seu carro ser depredado, antes de ir ao depósito do quartel. Quem tem bala manda mesmo. Via-se também respondendo a outro IPM. Do primeiro, escapara. Agora, não teria tanta sorte. Começou a suar. E o desespero aumentando. Até que, sem mais conseguir estancar tanta angústia, decidiu ir embora. Já estivera presente, o diretor mesmo poderia confirmar. Depois, diria que a mulher estava doente em casa. Ou que se sentira mal. Uma desculpa qualquer. Todos entenderiam.

Esperou só que o general fizesse uma pequena pausa, por não querer sair enquanto estivesse falando. Seria muita falta de educação. Foi quando o tal general parou um pouco de falar, ficou de costas para o público e pegou um giz para escrever qualquer coisa no quadro-negro. A ocasião era perfeita. Octávio aproveitou e saiu. O mais discretamente possível, assim pensou. Mas estava enganado.

Quando já ia passando pela porta, ouviu-se uma grande salva de palmas. Por curiosidade, parou e voltou dois passos na direção da sala. Tentando perceber a razão daquele barulho todo. A plateia se levantou, numa ovação, dirigindo os olhos para onde estava. Essas palmas eram para ele. Octávio não entendeu nada. E todos de pé. E as palmas aumentando. A um jovem estudante que estava do seu lado, em pé à porta da sala, perguntou o que estava acontecendo. "E o senhor ainda pergunta? Depois da barbaridade que o general disse, o senhor foi o único que teve a coragem de se retirar em sinal de protesto, e ainda pergunta?" Octávio quase morreu. De susto. Quis perguntar, ao aluno, algo como: "O que foi mesmo que o general disse?" Mas o brilho nos olhos daquele jovem, de admiração completa, de veneração quase, não permitia isso. Faltou coragem. Chegou a cogitar em voltar ao lugar de onde saíra, no fim da sala. Mas percebeu ser tarde para isso. A alma do homem não pode ser tão pequena assim. *Maktub*. Então se conformou com seu destino cruel, disse baixinho *puta que o pariu* e foi embora.

À saída, encontrou com seu advogado. Contou como tudo acontecera realmente. E disse que se preparasse para outro IPM. Chegou à frente do quartel e seu carro ainda estava lá. Benza Deus. Sem ninguém por perto. Deus santíssimo. O capitão Pereira devia ter dormido mais do que ele. Obrigado, Senhor. Entrou no carro, engatou marcha a ré e saiu. Foi quando um vulcão bem quente, que não conhecia, explodiu dentro do seu peito. E era como se ele fosse outra pessoa. Como se todos aqueles anos calado — sem protestar contra a censura, contra os estudantes da faculdade que estavam sendo processados, contra a tortura e tantas mortes — cobrasse agora seu preço. Se sentiu como antes nunca se sentira. Um homem novo. Livre. Então abriu a janela e gritou bem alto, o mais que pôde, para uns trabalhadores que estavam perto, na fila do ônibus: "Abaixo a ditadura!!!" E voltou para casa. Feliz.

11

Uma novela fora da TV

CRISTINA procurou um amigo advogado. Não era consulta. Fora só comunicar que iria se suicidar. "Que é isso?, mulher." A escolha de um advogado, para essa comunicação, deu-se apenas por confiar nele. E não ser alguém da família. Passaram a conversar. Decidira morrer por conta de um telefonema. O doutor estava perplexo. Já vira muitos que desistiram da vida, quase todos em razão de problemas financeiros; ou alguma doença incurável; ou, apenas, por compulsão de alguma neurose. Coisas assim. Não era o caso de agora, em que a mulher estava tranquila e bem. O doutor pediu que contasse o que acontecera, no tal telefonema, para a levar a uma decisão tão drástica. Foi assim.

Cristina estava em frente à TV. Como sempre. Na novela das oito, mulheres iguais a ela viviam amores impossíveis. Paixões ardentes que jamais Cristina seria capaz de sentir. Distantes de sua vida, que nessas horas lhe parecia banal. Sem nenhuma promessa de futuro. O marido, como em todas as quintas-feiras, estava jogando futebol. Depois era o chope, junto dos amigos. Chegava em casa só perto da meia-noite. E deixava, na sala, o tênis cheio de barro. Como sempre. Sem nem se importar que, no dia seguinte, Cristina teria que se abaixar, mesmo com as dores das costas que havia muito sentia. Para pegar os sapatos, lavar e guardar no quarto. E se abaixar de novo, pobres costas, para limpar o chão todo sujo. Como sempre. Cristina olhava para Malu Mader, na telinha; e se via, no futuro, sentindo pena de si própria. À espera da velhice. De ver os filhos crescendo e indo embora. Depois os netos. Sem mais esperanças. Plim-plim, hora dos anúncios.

Levantou-se do sofá e foi até a cozinha. Abriu a geladeira. Botou água no copo e o telefone tocou. Uma voz masculina, que antes nunca ouvira, começou a falar depressa e num tom angustiado: "Teresa, acredite no nosso amor. A gente ainda pode ser feliz. Estou em frente ao balcão da TAM com duas passagens na mão. Ponha o que puder na mala e venha, que a gente desaparece no mundo. Se não vier, nunca mais nos veremos. Mas a gente foi feito um para o outro, mulher. Venha por favor. Um beijo." Clique. E Cristina parada, com o copo d'água na mão. Ficou assim, como uma estátua, esperando que o telefone tocasse de novo. Para esclarecer o incidente. E nada. Achou graça, por ver que o cidadão errara de número. Ela era Cristina, e não Teresa. Infelizmente era Cristina. Ou infelizmente não era Teresa. Nem pensou em ligar para a TAM, pedindo para avisar ao tal cidadão que ele errara o número. E o copo na mão. E o gesto de beber protelado. Foi quando teve um como que sonho, ou delírio, ou êxtase, o que tiver sido. Seria o primeiro de três que teria em pé ali mesmo, naquela cozinha.

Neste primeiro sonho, percebendo a chance de testemunhar um romance real, se esqueceu da TV. Como o telefone que recebera a chamada era fixo, não sabia quem havia ligado para ela. E teve que ir até o aeroporto. Encontrou o tal cidadão. Chamava-se Nelson. Explicou que seu nome era Cristina, que ele havia ligado para alguém que se chamava Teresa e pediu para conferir o número. Nelson percebeu, no celular, que trocara mesmo um dígito. Ligou de novo e repetiu, para a Teresa certa, o mesmo discurso que Cristina já ouvira perto da geladeira. Nelson disse a Cristina que lhe devia seu destino. Só que não era bem assim, como logo se veria. Apertaram as mãos. Cristina foi embora. Mas não foi, realmente. Apenas saiu das vistas de Nelson. E ficou olhando, escondida por detrás das plantas de uns jarros. O coração batendo como se fosse de novo mocinha. Como se estivesse vendo, ao vivo, uma novela.

Pouco depois, chegou mulher de meia-idade como ela. Deveria ser a tal Teresa. Dirigiu-se a Nelson com passos rápidos, mais parecia soldado marchando, e pôs o dedo no nariz dele. Falou como se estivesse muito irritada. Deu uma rabiçaca e voltou por onde veio. Nelson baixou a cabeça e entrou, solitário, no portão de embarque. Sem olhar para trás. E, se tivesse olhado, veria não apenas Teresa indo embora. Veria também Cristina com um olhar de quem estava com pena dele. Logo Cristina, que tinha tanta pena de si mesma. Foi quando, em seu apartamento, acordou daquele sonho, ou o que tenha sido. Bebeu água. E teve mais um sonho. Com o mesmo começo.

Encontrou Nelson, disse as mesmas palavras e ele novamente ligou para Teresa. Nem meia hora se passou e apareceu mulher toda risonha. Beijou Nelson ardentemente. Como se fosse o último beijo na vida dos dois. Tão quente que Cristina ficou vermelha, só em ser testemunha da cena. Ou porque jamais recebera um beijo como aquele. Dirigiram-se os dois ao balcão da companhia aérea. A mala que a acompanhava foi despachada. Entraram os dois no portão de embarque, juntos. Cristina ainda viu quando se beijaram de novo, demoradamente. Até afinal desaparecerem, de sua vista e de sua vida. Cristina quase chorou. Por causa de si mesma. Então acordou novamente. Pegou o copo já vazio e pôs em cima do fogão. Melhor voltar logo para a sala, que a novela ia recomeçar. Foi quando teve seu terceiro e derradeiro sonho.

Mais uma vez, o começo era igual. Diferente foi que desta vez, esclarecido o engano, e depois de ter Nelson ligado, ficaram conversando. O tempo foi passando e a conversa mostrava que os dois eram muito parecidos. E Teresa não vinha. E Nelson cada vez mais gostando da conversa. E Cristina também. Foi quando ele olhou para o relógio e viu que seu tempo de esperar terminara. Só que, por estranho que pudesse parecer, não estava triste. A conversa com Cristina fora tão boa que ele ria, como havia muito não sabia como era. Ela também. Então, como se fosse algo natural, apontou para as passagens que tinha na mão e disse para Cristina: "Vamos embora juntos?" Cristina hesitou. Perplexa. Não contava com uma proposta dessas. A chance de deixar tudo para trás. De esquecer o passado e viver, intensamente, uma vida nova. E não recusou na hora, como seria natural. Era uma loucura, sabia disso. Iria deixar para trás marido e filhos. Mas a chance de mudar os caminhos acontece apenas uma vez na vida. O coração batia forte. Acelerado. Logo o dela, que já quase desistira de viver. Mas, quando ia dizer que aceitava essa proposta, plim-plim.

O sonho acabou. Pena, pensou Cristina. Então voltou ao sofá e a seus amores da tela. Só que a novela já não tinha mais os encantos de antes. Murchou. Ou foi Cristina quem murchou. Então viveu outro sonho que não era mais sonho. Era uma visão de sua própria vida. E ficou triste. Ainda mais do que já era. Por ter certeza de que nunca viveria um amor como aquele de Nelson e Teresa. Sabia bem como as coisas iriam acontecer, mais tarde. O sapato, o barro no chão, a dor nas costas. Só que o futuro ninguém controla. E, naquela noite, o marido chegou mais cedo que de costume. Cristina pressentiu que algo especial estava para acontecer. Diferente de todas as outras noites iguais de antes, ele veio para perto dela e lhe deu um beijo. Pouco importava que o cheiro do chope atrapalhasse o romance, afinal um beijo era sempre um beijo. Sobretudo porque já nem se lembrava do último que recebera. Então o marido olhou para ela com um olhar bem vivo, que lembrava os tempos de namoro, e disse: "Sabe o que eu queria, mulher?"

Naquele momento mágico, Cristina percebeu que talvez nem tudo estivesse perdido para os dois. Que talvez pudessem recomeçar. Quem sabe viver, agora, um amor melhor. Maduro. Sem a paixão que se via em Nelson e Teresa, claro. Mas, ainda assim, bom. E passou a imaginar o que aconteceria. Que o marido iria convidá-la para ir a Paris, cumprindo uma promessa do passado. Ou voltar a Veneza, onde passaram a lua de mel. Ou ir a um motel, até isto para ela já seria bom. Seu rosto então se iluminou, como fazia muito tempo não se via. E respondeu, ao marido, com a voz mais apaixonada que foi capaz de entoar: "Não, meu amor, o que você quer?" Ficou esperando a resposta como se tivesse 18 anos. Mas nem teve tempo de continuar nessa espera. Que o marido, com voz de bêbado, disse apenas: "Eu queria um prato de sopa."

No dia seguinte, Cristina procurou seu advogado para comunicar o destino que decidira dar a sua vida.

12

Filha de mãe desconhecida

MARIA Filomena Madureira Teixeira Gouveia de Bulhões e Alencastro, assim foi batizada na freguesia da Póvoa de Varzim. Como filha do comendador Manuel (mais os mesmos sobrenomes) e *mãe desconhecida*. Reproduzindo aquilo que antes havia já ocorrido com José Maria d'Eça de Queirós, no distante 25 de novembro de 1845. Verdade que as motivações foram diferentes. Com relação ao autor de *Os Maias*, por não ser casado seu pai; tendo como padrinho em compensação, nos livros da Matriz Colegiada de Vila do Conde, o *Senhor dos Aflitos* em pessoa. Sem que se saiba exatamente como isso aconteceu, é preciso dizer. Na Póvoa, também havia com certeza um pai — o velho comendador Manuel. Mas a criança não podia ser registrada como filha *do casal*. Por ser, mãe verdadeira, uma sobrinha que ajudava nos trabalhos da casa. Logo mandada para bem longe, claro. Levou dinheiro mas deixou, em troca, sua semente.

Homem de bem, herdeiro de cristãos *batizados em pé* e temente às Sagradas Escrituras, o comendador honrou seu dever de registrar a criança. Já sua mulher, depois de umas poucas demonstrações de desagrado, acabou até gostando. Porque tentaram os dois, por muitos anos, ter filhos. Sem jamais conseguir. Até que lhes veio a dita Filomena. Em hora boa, consideraram. Quando haviam já perdido todas as esperanças de ver algum herdeiro brincando pelos corredores da casa. Interpretaram o fato como um sinal de Deus. E criaram aquela menina como se fosse mesmo filha dos dois. Com muito bem-querer.

Filomena foi alfabetizada pela família, num tempo em que só se frequentava escola mais tarde. Aprendeu a escrever em cadernos de caligrafia, preenchendo os pontinhos das palavras com um lápis. Por isso as letras dos avós de antigamente são sempre mais belas que as dos meninos de agora. Não tendo irmãos, brincava com crianças da vizinhança e filhos dos empregados da propriedade. Como se fosse um deles. Sobretudo negros — algo raro num país conservador que apenas em 1878 abolira sua escravatura. Do que lhe veio uma compreensão da vida mais aberta. Sem os ranços, as manias e os preconceitos que o dinheiro (quase sempre) marca no coração das pessoas.

Os irmãos do comendador já viviam, todos, no distante Brasil. Que, mesmo próxima da rica cidade do

Porto, a pequenina Póvoa não era lugar certo para quem quisesse fazer fortuna. Sem contar que o Portugal daquele tempo estava em crise. O rei dom Carlos fora assassinado, em 1908. *Regicídio*, assim o episódio acabou por lá conhecido. Novo regente no trono foi seu filho dom Manuel II, duque de Beja. Mas, com apenas 19 anos, ele era jovem demais, educado demais, amável demais e despreparado demais para governar o caos. Sem contar que o vendaval dos ideais republicanos, que vinham do Brasil e de países vizinhos, excitava o imaginário português. Pouco a pouco manchando com vermelho, cor do sangue daquele rei morto, o estandarte azul da monarquia que findava.

Por isso, quando os irmãos o convidaram a ir ter com eles, o comendador não pensou duas vezes. Vendeu bem vendido tudo que tinha e foi cumprir seu destino naquele mundo para ele novo. Acabou dono de uma fazenda de cacau na Bahia, próxima das propriedades dos irmãos. E ali viveu seu resto de vida. Ele, a mulher e, por algum tempo, a filha. Que Filomena foi estudar no Rio de Janeiro. E, depois de conhecer Lapa, Copacabana e o Pão de Açúcar, não quis mais voltar. Ia para a fazenda passar férias, somente. Alguns anos mais, como herança, passou a propriedade a ser dela. Sem que tenha, nem sequer por um momento, admitido se enterrar naquelas terras.

A conselho de velho tio, nomeou administrador da propriedade um português amigo da família — o senhor doutor António de Abreu Figueira. Homem correto, viúvo e sem filhos, por tudo era uma escolha sensata. Tomaria conta dos negócios e depositaria o lucro na conta de sua patroa, que morava longe. Assim foi durante algum tempo. Só que o sr. dr. António, cada vez mais velho, lhe mandava cada vez menos dinheiro. Problema sério. Porque Filomena desejava não apenas viver bem, no Rio. Também viajar. E se divertir no Cassino da Urca. No Quitandinha. Ou em outros lugares caros. Algo impossível, com o tão pouco dinheirinho que recebia.

Antes de continuar nosso relato se diga que, por dentro, Filomena continuava fiel a como fora criada. Basta lembrar do que aconteceu no Largo da Carioca, onde sempre ia comprar retroses. Nas mãos da polícia, viu um pivete que não tinha mais que 12 ou 13 anos. E viu também quando um janota, desses com terno cortado por alfaiate caro, lhe deu um empurrão com toda força. O pivete acabou se esparramando pelos paralelepípedos, deixando joelhos e cotovelos em carne crua. Indignada com tanta covardia, foi até a cena do crime e deu um tapa na cabeça do tal janota. Após o que, bem calma, se dirigiu ao policial: "Agora o senhor prende nós três: o menino, porque roubou; eu, porque agredi este senhor (apontou para o dito-cujo); e ele, porque agrediu o menino." O fim da história não importa. Mas dá bem uma noção de quem era.

Neste ponto, é preciso dizer a origem desse nome com que passou a ser conhecida. Tudo começou quando morava na Zona Norte, numa época em que ainda havia ruas tranquilas, casas e quintais. Bem na frente vivia um médico, o dr. Sizenando, com suas três filhas. E elas brincando, ao passar por sua janela, faziam sempre o mesmo cumprimento. Uma dizia: "Eu sou Mimi", outra "Eu sou Lili", a terceira "Eu sou Gigi". Todas rindo muito. Razão pela qual Filomena, para fazer graça, respondia: "E eu sou Fifi." Pra quê? Daí por diante, virou *Tia Fifi* e pronto. Começando pelas filhas do dr. Sizenando. Depois, também os vizinhos passaram a chamá-la desse jeito, o dono da mercearia, o homem do leite, o do cuscuz, o limpador de fogões, o amolador de facas — em pouco, ninguém mais sabia como tinha sido batizada.

Casar nunca foi coisa que lhe interessou muito. Mesmo sabendo que toda mulher se comprometia bem cedo, então. Apesar de numerosos pretendentes, recusou todos. Uns, por serem muito velhos. Outros, por não gostar. Outros mais, talvez por pressentir que não iria dar certo. Ou, quem sabe?, só por querer se sentir livre. Sem ser mandada por ninguém. Mas agora, perto dos 30 anos, decidiu que já era tempo. E ficou noiva de um colega da faculdade, Feliciano. Marcaram casamento. Foi quando recebeu carta anônima, comunicando que o dito Feliciano tinha outra mulher. Era o que já desconfiava, fazia tempo. Nesse mesmo dia, juntou todos os presentes que recebera do noivo e foi até a casa em que morava. A quase sogra recebeu os presentes e um recado — era para que o filho não a procurasse mais. Antes só que mal acompanhada.

E assim foi até que, num belo dia, morreu a mulher do dr. Sizenando. Em verdade se reconheça que, belo, com certeza não foi esse dia. Chovia muito. E a lama se espalhava por todos os lados. Mas é isso que se diz quando alguém fala do passado. E assim seja. Como as filhas dele sabiam que o velho não podia ficar sozinho, e gostavam de Tia Fifi, logo passaram a insistir em que se casassem. A ideia fazia sentido. O dr. Sizenando precisava de quem cuidasse dele e das meninas. E ela começava a se sentir sozinha demais, para seu gosto. Como nossos pobres corações insensatos têm mesmo razões que a própria razão desconhece, uma visita daqui, uma conversa dali, algumas cartas e, de alguma forma, perceberam ter nascido um para o outro. Ou quase isso. Ou que suas vidas se completavam. Ou, apenas, que seria cômodo para os dois. Resumindo, acabaram casando no cartório.

Apesar de dividir cama, Tia Fifi nunca teve intimidade completa com o marido. Quando estavam com pessoas conhecidas, ela o chamava de *meu bem* ou algo assim. Já sozinhos, até o fim, continuou sendo mesmo dr. Sizenando. E nunca tiveram filhos. "Deus não quis", explicava. Mais alguns anos, era natural (dada a diferença de idades), Tia Fifi enviuvou. Passou a sustentar as meninas com os poucos proventos do cacau, que o marido nem pensão deixou. Mas todas casaram. Foram viver longe. E Tia Fifi decidiu que não casaria de novo, nem que surgisse noivo com dente de ouro.

Do ponto de vista econômico, tudo ia mais ou menos bem. Mais para menos que para mais. Até quando morreu também o sr. dr. António. Tia Fifi voltou à fazenda, para escolher outro administrador. Entrevistou os que lhe foram sugeridos. E gostou de um, filho de trabalhador da própria fazenda, por lhe parecer mais ambicioso que os outros. Depois de um velho, agora iria apostar naquele quase menino. E acertou mesmo. Que o novo administrador começou a lhe enviar dinheiro. Muito. Mais do que precisava. Ou pensava que precisava.

Foi mudança grande, para ela. Porque, agora, podia viver como sempre desejou. Trocou a casa alugada no subúrbio por apartamento que comprou em Copacabana. E passou a ir, todos os anos, até Paris. Afinal, depois de tantos anos, tudo corria às mil maravilhas. Problema só quando um vizinho informou que o tal administrador a estava roubando. Andava de carro novo. Importado. Tia Fifi, angustiada, ficou pensando no que fazer. E afinal decidiu. Quando se encontrou novamente com o vizinho, disse apenas: "Pelo amor de Deus, não diga a ninguém que me contou aquelas histórias. Sobretudo ao meu administrador. Agora sei que ele está me roubando, muito obrigada, mas por favor deixe tudo como está. O sr. dr. António era um homem bom e eu vivia na pindaíba. Agora, com esse ladrão, vivo na boa. Diga nada não. E deixe ele me roubar, que estou satisfeita."

Quem visse Tia Fifi tão contente, andando pelas ruas, jamais poderia suspeitar de um segredo que tinha muito bem guardado. Tudo começou quando, pouco a pouco, passou a sentir um fogo quente lhe queimando por dentro. Atormentando. Consumindo suas carnes. Como se os antepassados quisessem falar por ela. E decidiu escrever poesia, todas as noites. Virou quase uma compulsão. Tinha que guardar no papel esperanças, ilusões e sonhos. Depois lia, para as amigas, esses escritos. Nos chás de todo fim de tarde. Ou no biriba. Por insistência delas, decidiu publicar um livro. E selecionou aquilo que considerava melhor. Com a letra desenhada que aprendera ainda na Póvoa, passou tudo a limpo num caderno. E jogou fora o resto. Esse caderno punha na bolsa, todas as vezes que saía do apartamento. Como se fosse parte de quem era. Ou não pudesse viver sem ele.

Entre as amigas do biriba estava dona Zulmira, uma mulher enorme de cabelos roxos. A explicação é simples. Por economia, em vez de comprar tintura, depois do banho passava nos cabelos papel-carbono azul usado pela filha Verinha. Ocorre que foi lançado, no mercado, um papel bem mais barato. Em vez de azul, roxo. A filha nunca mais usou outro. E a mãe nunca mais deixou de ter cabelos dessa cor. Dona Zulmira tinha um neto advogado, no Nordeste. E esse neto, quando vinha para o Rio, passava todas as tardes conversando com Tia Fifi. Apesar da diferença nas idades. Foi assim que soube de sua história. E do seu caderno de versos.

Afora esse compromisso de escrever, a vida de Tia Fifi era como a de tantas outras. Todas as manhãs, apesar de seus 70 anos, fazia ginástica na praia, junto com um grupo de mulheres da sua idade. E tomava banho de mar, depois, nas águas geladas do Posto 4. Só então cuidava dos seus afazeres. E assim foi até que, num fim de manhã, voltando para casa em seu reluzente maiô vermelho, morreu atropelada por um caminhão do Angu do Gomes. Bem na frente das Casas da Banha — Rua Bolívar, entre as Avenidas Atlântica e Copacabana.

Aos poucos foi juntando gente. Dois garis a seguraram, um pelas pernas, outro por baixo dos braços, e a colocaram sobre a calçada. Para liberar o trânsito. E esperar a perícia. No acidente, voou longe a bolsa da qual nunca se separava. Um deles foi buscar e pôs dentro seus pertences que se espalharam pela rua — uma caneta Parker 51, uma carta que o marido lhe escrevera quando ainda estavam namorando, um pequeno livro com telefones dos amigos, um lenço azul de seda, uma foto de Vicente Celestino, uma bandeirinha do Vasco, uma imagem de Nossa Senhora de Fátima, molho de chaves, nota de um dólar (que toda gente usa, para dar sorte), a lista da feira.

Uma conhecida, como sabia que sempre trazia seu caderno consigo, perguntou onde estava. O gari respondeu que o encontrou no chão, folheou, viu aquela letra bem redondinha e concluiu que não poderia ser dela. Mais provável, pensou, era ser de alguma aluna de colégio, perdido por ali. Razão pela qual o jogou no caminhão de lixo. Conformada com o destino do caderno, essa amiga seguiu em frente para compromissos que tinha. E a vida seguiu seu curso, como um rio. Com as pessoas correndo para suas ocupações, apressadas, sem dar maior atenção àquele corpo estendido no chão. Ninguém parou. Nem rezou por ela. Por não a conhecerem. Ou terem coisas mais importantes a fazer. Sem mesmo suspeitar de como eram as esperanças agora desfeitas, as ilusões perdidas para sempre e os sonhos sem mais futuro de Tia Fifi.

13

O valente coronel do Detran

O CORONEL não conseguia mais dormir. Andava preocupado. Tanto que decidiu pedir conselho a um advogado que lhe foi recomendado. Esse advogado era de outro estado — algo importante, para ele, dada a delicada natureza do caso. Chegou e foi direto ao seu escritório. Disse quem era, sentou na cadeira que lhe foi oferecida e ficou algum tempo calado. Até que tomou coragem e explicou a razão da consulta.

Disse que, depois de se aposentar no Exército, foi ser diretor do Detran. Trabalho duro, segundo ele. Em seguida juntou palavra e gesto, passando o dedo na testa — como se faz para jogar fora o suor. Ganhou dinheiro, confessou. Muito. Por caminhos *tortuosos*, isso disse meio constrangido. Tortuosos era um eufemismo. Dinheiro público que passou a ser privado.

Dele, somente. Mas logo completou: "Todo político faz a mesma coisa, doutor." Isso falou como se fosse a coisa mais natural do mundo. E, para ele, era mesmo. Dando-se que nosso coronel, de tanto ver o malfeito à sua volta, de tanto ver amigos do governo enriquecendo, decidiu seguir pelo mesmo caminho. Só que não gastaria esse dinheiro nas eleições, que bobo não era.

Para que o doutor não o julgasse tão mal, disse que a vida andava ruim. O que ganhava, na reserva, era uma merda. E ainda tinha que sustentar dois filhos adultos que não queriam trabalhar. Fazer o quê? A privação é mãe de todos os vícios. O Detran, segundo ele, foi uma bênção. Deus teve pena dele e arranjou tudo bem direitinho. Deve ter pensado isso. Mas não disse. E, se dissesse, estaria dizendo besteira. Que Deus, logo veria, tinha seus olhos muito longe do Detran.

Era uma longa história. Depois de enviuvar, reencontrara namorada dos tempos de escola. Não tinha dado certo, antes, mas isso fora naquele tempo. Agora, tudo seria diferente. Ele viúvo. Ela casada, sem filhos e já se separando. Faltava só *assinar uns papeizinhos*. Coisa pouca. Não assim tão pouca, lamentavelmente descobriria depois.

O coronel montou firma para essa mulher, preparou as licitações, fez tudo certinho. Como ela casara com separação de bens, quando estivesse divorciada se casariam e a bendita grana passaria a ser dos dois. Com tudo que acumulara no Detran indo para as contas bancárias dela. Provisoriamente, claro. Só não contou com um pequeno imprevisto. E esse imprevisto foi um caminhão, na estrada, que veio vindo por onde não deveria. Exatamente por onde sua loura estava indo. Para resumir, a tal amante morreu embaixo do tal caminhão. Primeiro sinal de que Deus não estava tão do seu lado como chegou a pensar. E outros mais iria ter, nos dias seguintes.

Ao saber do acidente, nosso coronel quase enlouqueceu. Não só por ficar viúvo pela segunda vez. Viúvo nos sentimentos, vá lá. Mas porque seu rico dinheirinho estava todo com ela. Depois de alguns dias, foi procurar o marido legítimo do seu caso. Como ainda não havia se separado, com todo o direito de ser considerado viúvo legal. E herdeiro da mulher, não custa lembrar. Novo dono de tudo quanto nosso bravo coronel havia juntado nos muitos anos do Detran. E isso não era justo. Ao menos para o coronel.

Bateu na porta de um apartamento modesto de subúrbio. Disse quem era, dando ênfase ao *coronel* antes do nome. Entrou, cumprimentou o proprietário e foi logo ao que interessava: "Não sei se o senhor sabe, mas eu era sócio de sua digníssima *senhôra*." Em vez de senhora, com o *ó* aberto, preferiu dizer assim. Para dar um tom mais respeitoso àquela que se fora. O homem respondeu, com cara fechada, "Digníssima *senhôra*?, coronel" — o viúvo repetiu a palavra como o outro dissera. "Pois é, meu amigo." "Primeiro, não sou seu amigo. E, depois, esqueça essa porra de digníssima, coronel. Ela era uma puta." "Diga isso não, meu senhor"

— por cautela, o coronel não repetiu mais o *amigo* de antes. "Digo sim, coronel. Ela era uma grandíssima puta. E o senhor, amante dela."

O coronel jamais imaginou que o homem soubesse de tudo. E pensou bem, antes de falar: "Então fica tudo mais fácil. Como o senhor sabe, o dinheiro que estava com sua mulher me pertence. Pago advogado, pago os impostos e quanto mais rápido me devolver, melhor." O outro respondeu, na hora: "Que dinheiro?" Era só o que faltava. Estava na cara que estava mentindo. E nosso coronel começou a se preocupar. "Pois é, temos que resolver logo isso." Problema é que o viúvo não tinha tanta pressa assim: "Primeiro vou nos bancos, ver se ele existe mesmo. Depois o senhor passe aqui para ouvir minha resposta." Levantou e caminhou até a porta, como que convidando o outro a ir logo embora.

O coronel não dormiu. E o dia seguinte foi um martírio. Lembrou-se de um amigo que vivia repetindo a mesma frase, *por que é que os anos passam tão depressa e os dias passam tão devagar?* Pois agora sabia como é que os dias passam devagar mesmo. Olhava o relógio, de meia em meia hora, sem a mínima ideia de como responderia o tal viúvo. No íntimo, esperava que tivesse consciência. Fosse homem de bem e não quisesse ficar com o que não era dele. Escureceu. Jantou apressado. Jantou não, comeu qualquer coisa. E, sem condições físicas de esperar mais, foi novamente procurar o homem. Na mesma noite. Não bateu na porta do apartamento, como sugere a palavra, por estar entreaberta. Tocou nela, com os ossos dos dedos, só para avisar que havia chegado. "Pode entrar." O viúvo já sabia que ele viria. Ou pressentia. Por isso não trancara a porta. Nem se dera ao trabalho de levantar. O coronel sentou numa cadeira e perguntou pela resposta.

O viúvo falou, seco e direto, como se tivesse estudado a conversa: "Coronel, antes de tudo quero dizer que pensei bem e minha decisão é definitiva." O coronel respondeu "Claro". Disse "claro" porque não tinha coisa melhor para dizer. Não que nada fosse claro, para ele. Longe disso. E o viúvo continuou sua fala bem calculada, em que o coronel via só má-fé. "A situação é a seguinte, coronel. Eu hoje sou rico e sou corno. Da riqueza toda gente vai saber logo. Porque vou ficar com o dinheiro todo que era de minha mulher. Não dá para esconder isso. E sou corno, também, mas só nós dois sabemos disso."

O rumo que a conversa ia tomando era preocupante. Depois de algum tempo (que para o coronel foi uma eternidade), o viúvo continuou: "Problema, coronel, é que, se devolver esse dinheiro, todo mundo vai saber que sou corno. É impossível que uma história dessa não se torne pública. E vou voltar a ser liso. Dois problemas, coronel. Ser corno e ser liso." O coronel começou a suar, já prevendo o que estava para ser dito.

E o viúvo completou a maldade, bem tranquilo. Sem nenhum remorso. "Então, coronel, entre ser liso e corno — com todo mundo sabendo que sou corno —, ou ser rico e ladrão — mas só nós dois sabendo que sou ladrão —, prefiro ser rico, coronel." O militar quase desmaiou. "E a conversa acabou, coronel. Por favor, pode se retirar." Não tendo mais nada que fazer ali, nosso coronel foi embora. A vida virou um inferno. E foi pedir conselho ao advogado.

O doutor examinou os prós e os contras da situação, percebeu que a solução não podia ser jurídica e deu sua opinião: "Caro amigo; eu, se fosse você, proporia um *meio a meio.*" O coronel pareceu não entender. "O que é isso?, doutor." "O senhor fica com metade, porque o dinheiro é seu. E o viúvo fica com a outra metade, para pagar a cornice." Metade do dinheiro era melhor do que nada. Melhor para os dois. O resumo da conversa foi esse. O coronel agradeceu e foi para o hotel, aparentemente satisfeito com a solução encontrada.

Dia seguinte, voltou para sua cidade e foi logo procurar o viúvo. Sem nem avisar. Bateu na porta, que desta vez estava trancada. O viúvo abriu e levou um susto, ao ver quem era. O que desejava, o que esperava, era que o coronel nunca mais aparecesse na sua frente. E nem o convidou para entrar. Conversaram em pé, ali mesmo. O coronel do lado de fora, em cima de um tapete barato que dizia *Bem-vindo*. O outro dentro, sobre um chão de taco ordinário. A soleira da porta do apartamento no meio dos dois. O coronel fez a proposta que lhe havia sido sugerida pelo advogado. Meio a meio. O outro ouviu, disse que iria pensar. Não precisava nem voltar lá. Ia responder por telefone mesmo — o que, para o coronel, teve ares de mau presságio. Pediu seu número. E foi só o sol se levantar, e o galo cantar no quintal, que o telefone tocou. Era o viúvo. "Pensei bem na sua proposta, coronel. Quero não, obrigado. Prefiro ficar com tudo." Disse "Adeus" e desligou. A proposta deu em nada.

O coronel, desiludido com a solução dada pelo advogado, decidiu pedir conselhos não jurídicos. E ligou para um compadre que vivia em Garanhuns. Não sendo por acaso que, de vez em quando, por lá, desapareciam misteriosamente alguns desafetos desse tal compadre. Isso num tempo em que a vida custava pouco, na região. Posseiros, quase nada. Vereador, o preço de cinco posseiros. Médico, o de seis vereadores. Padre, mais complicado, pelo menos dez médicos. Conversaram. O compadre, sem meias palavras, sugeriu: "Ameace o homem com uma surra." O coronel em silêncio. "Diga que, se o dinheiro não chegar, ele pode se preparar para ir bater num hospital." "E se ele não der?, compadre." "Então você manda lhe dar uma pisa bem dada. Ou dê você mesmo, é melhor ainda." O coronel especulou: "E se, ainda assim, ele não der?" "Então o amigo avise que não vai adiantar nada ele ser rico e defunto. E diga que vai mandar um pessoal do quartel, acostumado a dar destino aos comunistas subversivos, fazer o serviço."

Apreensivo como estava, o coronel nem protestou contra aquela acusação desrespeitosa para com a farda que um dia vestira. "E se ele continuar sem dar?" "Então faça o que tem que ser feito, compadre." Não disse, mas ficou subentendido, que estava à disposição para, se o amigo preferisse, mandar alguns capangas resolver a questão. "O senhor não ganharia nada, é verdade. Mas ele também não." Nenhum dos dois falou, mas ambos pensaram no destino. O coronel, vivo e liso. O corno, rico e morto. Não tinha como recusar. O coronel agradeceu. E desligou.

Na mesma noite, voltou àquele apartamento que já conhecia bem. Para ameaçar o corno. Tudo como combinado com o compadre. E bem tarde, para que ninguém o visse. Bateu na porta, reproduzindo uma cena do passado. Só que o outro, agora, fez diferente. Antes de abrir, pôs a cara no olho mágico da porta. Para ver quem era. O coronel percebeu isso porque o buraquinho do olho mágico escureceu e, depois, novamente ficou claro. O viúvo demorou uma eternidade para o receber. Problema foi que o coronel, dessa vez, não conseguiu nem falar. Pois o corno, depois de abrir a porta, levantou a camisa e mostrou um 38 preso na cintura. E falou grosso: "Olhe aqui, meu senhor, na próxima vez que vier por aqui, ou me encontrar na rua, se prepare que vou lhe encher de chumbo." E bateu a porta na cara do coronel. Sem nenhuma consideração. "Puta que o pariu", foi só o que o coronel foi capaz de dizer. Bem baixinho.

Voltou para casa e, de novo, ficou sem dormir. Ladrão era, sabia disso. Preferia imaginar ser apenas alguém *esperto*. Mesmo sem nenhum orgulho disso. Chifre botou, sabia também, nesse caso sem nenhum remorso. Culpa do amor. Só que sempre foi pessoa de boa paz. Mesmo sendo militar. E aquela ideia nunca lhe agradou, verdade seja dita, que a violência era contra seus princípios. Ligou para o compadre e para o advogado, disse como tudo se passara e agradeceu pelos conselhos. Disse também que, agora, já sabia o que fazer. Iria procurar o novo governador, recém-eleito, e dizer que queria continuar no Detran. Para repetir a história, com outra namorada. Só que, desta vez, melhor não ser casada. O advogado, por educação, lhe desejou boa sorte. Mas, no íntimo, rezou para que o governador não atendesse ao coronel. Sem mais notícias desse caso.

14

A saga de Rosa

Jorge vivia bem com sua mulher. Viver bem quer dizer que cada um fazia o que se esperava que cada um fizesse. Naquela cidadezinha do interior ainda era assim. Ela tomando conta dos filhos e da casa. Ele pagando contas e exercendo seus direitos de ter a vida que quisesse. O que compreendia manter amantes regulares. E irregulares. A mulher sabia, mas fazia que não. E assim foi, sem maiores problemas, até o dia em que ela morreu. Segundo o médico, de "mal súbito". Como se os males fossem divididos em súbitos e não súbitos. Ruim, para Jorge, é que já se acostumara com aquela vida. Tanto que, depois do luto de um mês, decidiu procurar companhia nova. Quando seus filhos se deram conta, fizeram reunião e decidiram eleger três madrastas preferidas. Preferidas por eles, claro. E informaram ao pai. Mas Jorge rejeitou as três. Com a mesma desculpa, de que eram velhas demais para ele. Queria carne fresca para adoçar os últimos anos.

E foi assim que Rosa começou a entrar na sua vida. Com cerca de 30 anos, tinha menos da metade dos dele. Apesar de não ser mais menina, estava bem conservada. Só que tudo, para ela, deu sempre errado. Juntou-se com quem não prestava. Esperou por quem não merecia. Tentou casar com mais homens do que seria razoável. E bem falada, na cidade, isso não era. Mas no rosto, no corpo e no jeito de rir, atendia às exigências de Jorge. Encontraram-se meio por acaso, numa loja. Passaram a se falar. A dormir juntos. E, de alguma forma, pareceu aos dois que a relação fazia sentido. Jorge desejava deitar com alguém capaz de ainda lhe despertar desejos. E ter quem cuidasse dele. Já Rosa, só um pouco de paz. Em resumo, Rosa era o que Jorge queria; e Jorge, o que Rosa precisava.

Casar não casaram. Jorge conversou com seu advogado, para se inteirar das consequências patrimoniais, e não gostou do que ouviu. Pensou nos filhos e considerou que isso lhes devia. Mas acabaram vivendo juntos. Na casa de Jorge, era mesmo natural. Primeiro, de vez em quando ou nos fins de semana; até que, por força do hábito, ficou de vez. Para quem visse os dois juntos, até pareciam felizes. E eram mesmo, por incrível que possa parecer.

Os filhos de Jorge começaram a se preocupar quando viram que Rosa passara a usar vestidos caros. E um relógio novo, todo de ouro. Pensaram nos custos do presente e nos prejuízos do futuro. Em suas heranças. Da maneira como as coisas iam, parte considerável do que seria deles, por direito, acabaria logo consumida. Sem contar o risco de que Rosa pudesse virar beneficiária no testamento do velho. Decidiram, então, ser preciso resolver isso. O mais velho, Jorginho, foi encarregado de lhe fazer uma proposta. Esperou que o pai saísse para o trabalho, num dia qualquer. Foi à casa dele e prometeu, a Rosa, dinheiro para que tomasse outros caminhos. O suficiente para viver bem. Com direito de levar todos os presentes recebidos. Bastava esquecer o pai. Mas ela não quis conversa.

Dois anos se passaram, desse dia até o derrame. Jorge nunca mais iria sair da cama, os médicos previram. E assim se deu mesmo. Agora precisava da família, decidiram os filhos. Sem se preocupar com o que Rosa pensava. Conversaram com o advogado do pai e perceberam que havia medidas jurídicas a tomar, se quisessem passar a administrar seu patrimônio. Foi quando Jorginho voltou a procurar Rosa. Com a mesma conversa de antes. Certo de que ela jamais iria perder sua vida no papel de enfermeira. Hesitaria um pouco, mas acabaria por aceitar a proposta.

Só que, dessa vez, o susto foi ainda maior. E a resposta mais firme, ainda. Rosa começou dizendo que, com a convivência, passara a gostar de verdade do marido — assim já o chamava. E outras coisas que se espera sejam ditas nessas situações. Confessou que amava o pai dele — embora essa frase soasse falsa, para quem ouvisse. Encerrou a conversa, disse bom dia e voltou para junto de seu homem. Por muitos anos, Jorge viveu quase como se fosse um vegetal. Com Rosa do seu lado, sempre. Não saía mais de casa, só para fazer compras e ir à igreja. Reproduzindo as rotinas da antiga esposa. Como se fosse mesmo sua mulher, de papel passado.

Aos poucos, Jorginho e os irmãos passaram a ver Rosa com outros olhos. Por encontrar o pai sempre limpo, de barba feita, dentes escovados e, na medida do possível, satisfeito. Diferente de outros doentes que apodrecem na cama, só esperando pelo dia de morrer. Foi quando começaram a perceber que Rosa era mesmo importante naquela casa. E assim tudo permaneceu. Até o dia em que Jorge morreu.

Velório em casa e Rosa, de preto, no papel de viúva. O padre encomendou o corpo. Com um discurso que seus fiéis tinham já tantas vezes ouvido, antes. E com certeza ouviriam, também depois. Falou do valor do trabalho, da importância da fé e das recompensas no paraíso celeste. Não apenas prova de que acreditava mesmo no céu; também de ter esperança em que o defunto, apesar da vida que levara, acabasse por lá. Começaram os preparativos para o enterro. Jorginho entendeu ser de seu dever convidar Rosa para ir, até o cemitério, no seu carro. Ela recusou. Aquilo tudo era mais do que podia suportar.

Fim do enterro, Jorginho voltou à casa do pai. Para recolher alguns objetos pessoais do velho, outros que considerava de maior valor e ter uma conversa com Rosa. Sobre o futuro. Quanto queria receber. Onde iria morar. Mas essa conversa não teve. Que, na casa, estavam só empregados. Rosa saíra com as coisas que com ela vieram. E mais alguns vestidos que comprara. Tudo quanto havia de valor ficou por lá, deixado numa mesinha de cabeceira. Inclusive o relógio de ouro. Procuraram pela cidade e nada. Ela simplesmente desaparecera. E Jorginho sentiu, por dentro, a dor do remorso. Como se fosse um punhal.

Quase um ano depois, alguém disse que viu Rosa no interior da Paraíba. Jorginho anotou onde era e foi lá. Encontrou a mulher numa casa modesta, morando com a irmã. Pediu que voltasse. Ela agradeceu, mas disse que não queria. Estava bem naquele canto. Em paz. Jorginho insistiu. Tanto, que Rosa deixou perceber parte das mágoas que tinha. Gostava do pai dele e a família nunca acreditou. Quase chorou, ao dizer isso. Agora que perdera seu amor, podiam ficar com tudo. Jorginho não disse nada. Por não ter o que dizer. E foi embora.

Dia seguinte, voltou àquela casa com o resto da família. Vieram pedir desculpas. Rosa ouviu tudo com cuidado e disse: "Agora, sim. Faltavam as desculpas." Aceitou. Os filhos disseram que seu lugar era na casa que fora do pai. E pediram que voltasse com eles. Rosa disse que não podia largar a irmã. O convite era para as duas, esclareceram. Não havia por que recusar. Juntaram as coisas — o que demorou pouco, já que não havia muito o que juntar. E pediram a um vizinho para tomar conta do lugar.

    No fim da tarde, chegaram. A casa estava como no dia em que ela saíra. Os empregados esperavam no portão. Contentes. Na sala, flores num jarro; mais, na mesa de jantar, pé de moleque, bolo de rolo e queijo do reino cortado. Como se fosse um dia de festa. E era mesmo, de alguma forma. Rosa foi até o quarto que um dia fora seu. Pensou em Jorge. Fechou os olhos, agradeceu a Deus e sorriu.

15

O sindicato da morte

O HOMEM nasce com três almas, segundo Platão — *Pensamento, Ira* e *Paixão*. Mais ou menos isso. Considerando que *Ira* e *Paixão* seriam dois lados da mesma moeda, e retraduzindo as palavras para lhes dar maior dignidade, talvez em verdade sejam só duas — *Razão* e *Emoção*. E a *Emoção* muitas vezes, nesta vasta e insensata vida, vai além da *Razão*. É soberana. Mesmo cruel. Por isso, os maiores ódios sucedem aos maiores amores: pai e filho, irmão e irmão, marido e mulher, sócios. Foi o que se deu, nesta história.

Carlos Roberto era rico. Muito rico. Enquanto Zacarias, que veio de baixo, era um bom administrador. Combinaram andar juntos. E fundaram uma empresa. Carlos Roberto assumiu todos os custos. Em troca de maioria nas ações, claro. Enquanto Zacarias cuidou da gestão. Com participação menor, preço a pagar por ser remediado. E deu tudo certo, por algum tempo. No início, a empresa dependia dele; só que, agora, já não. Crescera demais. Passou a ganhar muito dinheiro. E Zacarias deixou de ser necessário. Sem contar que a relação dos dois acabou se convertendo numa total antipatia. Logo, nada mais os unia. Ou unia somente um sentimento recíproco de repulsa.

Na assembleia geral que decidiu pelo afastamento de Zacarias da diretoria, isso ficou ainda mais claro. Às costas dele, na reunião, Carlos Roberto providenciou jagunço com metralhadora. E seu advogado foi convidado a se retirar da sala. Não saiu e isso foi um problema grande. Quase deu tiro. Zacarias quis protestar e não conseguiu nem falar. O caminho da rua foi sua serventia. Despedindo-se do antigo amigo íntimo, no fim daquela desmoralização, com um "Isso não vai ficar assim". Palavras como essas Zacarias não deveria nunca dizer. Mas disse. E iria se arrepender de ter dito.

Alguns dias depois, algo iria provar o tamanho daquele desencontro. Tudo se passou num engenho de cana, usado por seu senhor para acoitar amigos, digamos assim, *perigosos*. Quando algum conhecido precisava ficar longe da polícia, ia bater lá. *Prescrever*, a prática era bem conhecida entre os profissionais da pistolagem. Dando-se ter um dos tais cidadãos anunciado, a seu hospedeiro, que iria fazer trabalho na capital. E logo retornaria. O senhor de engenho perguntou só por perguntar, sem maiores curiosidades, quem seria sua próxima vítima. E a resposta foi Zacarias. Aquele de nossa história.

O senhor de engenho estremeceu. Que, por artimanhas do destino, fora padrinho do seu casamento. E disse não poder permitir que o afilhado morresse pelas mãos de um protegido. O homem ponderou que o serviço estava contratado e a palavra teria que ser honrada. O patrão chamou companheiros de profissão, também *prescrevendo* no lugar, e avisou que se ele fosse embora deveria ser *queimado*. E fez um último apelo, em favor do afilhado, para que não fizesse o serviço. Todos entenderam o recado. E puseram seus 38 ao alcance das mãos. Foi quando o pistoleiro, bem calmo, dirigiu-se ao senhor de engenho. E o tranquilizou. Iria desistir do serviço. Para pagar os muitos favores que recebera do seu hospedeiro. Por medo não, e olhou com desprezo para os *colegas* que estavam em sua volta. Por consideração. Após o que voltou a paz, no lugar.

Em seguida, o senhor de engenho ligou para Zacarias. E lhe comunicou ter dias contados. Porque logo outro matador, com certeza, iria fazer o serviço. Zacarias, na mesma hora, procurou o "sindicato da morte" que funcionava no Estado. Combinou preço, 200 mil dólares. Metade na hora. Em notas verdes, cor da esperança. Dinheiro vivo. Pago por um quase morto, que era Zacarias. O complemento foi depositado no cofre de uma instituição financeira, à disposição de três amigos por ele indicados. Com instrução para que, morrendo Zacarias de morte matada, o dinheiro fosse entregue a um deles. Para ser transferido ao sindicato, pelo serviço contratado. Esse contrato era matar Carlos Roberto e sua mulher. O advogado, ao saber disso, ainda ponderou que estava errado. A senhora não tinha nada com o barulho dos sócios. Sem sucesso; que seu cliente respondeu, somente, "Quem vai morrer sou eu".

Dia seguinte, um porta-voz do sindicato ligou para Carlos Roberto. Como se conheciam, e sabiam de suas respectivas atividades, sem maiores delongas fez as comunicações devidas. Morrendo Zacarias, morreriam também Carlos Roberto e a mulher. Ponto final. Carlos Roberto ainda tentou *recomprar* o contrato. Pagaria o dobro para que desistissem. Nada feito; que na região, ainda hoje, vale a palavra empenhada. Carlos Roberto sabia disso. Razão pela qual, percebendo a dimensão dos riscos que corria o casal, suspendeu a contratação de pistoleiro para substituir o anterior — que declinara do serviço. O horror a Zacarias converteu-se numa preocupação secundária. Porque, mais forte, passou a ser o medo de que seu sócio pudesse morrer não mais que de repente. Parecendo morte encomendada. Em acidente de carro, por exemplo. E passou a procurar um jeito de resolver a questão.

A solução veio na pessoa de um usineiro, amigo comum de Carlos Roberto e Zacarias. Emiliano, além de atender a esse requisito, era sobretudo confiável. E a primeira coisa que fez, depois de ser procurado, foi marcar encontro com os interessados. No seu escritório. O que mais impressionou o advogado de Zacarias, naquele ambiente, foi que por trás da cadeira do anfitrião havia dois retratos grandes. Um de Hitler. Outro, de Pio XII. Sem disfarçar a curiosidade, perguntou a Emiliano: "Por favor me diga, doutor, a qual desses senhores" — e apontou para as duas figuras — "o senhor obedece." Emiliano recebeu com naturalidade essas palavras e respondeu: "Quando é para fazer o bem, este" — e apontou para o papa; "já o mal, aquele" — apontando para o alemão.

Depois dos cumprimentos, da exposição dos fatos pelos interessados e de muita conversa, ficou tudo acertado. Carlos Roberto prometeu não contratar mais nenhum pistoleiro. Enquanto seu sócio cancelaria o contrato com o sindicato. Zacarias ainda hesitou, porque perderia 100 mil dólares. De graça. Tentou negociar, pedindo que Carlos Roberto assumisse metade. Sem sucesso. Até que se convenceu. Melhor perder dinheiro que a vida. Vão-se os anéis. Faltava só a *garantia*, para o caso de um sócio morrer pela mão do outro.

O papel acabou deferido ao próprio Emiliano. Era conhecido, na região, como pessoa braba. Sem contar que já matara muitos. Inclusive um namorado de sua ex-mulher. Tinha fama de cumprir o prometido. E de ser, mais que tudo, amigo dos amigos. Ficando acertado ali que, caso um dos sócios morresse, Emiliano mataria o outro. Mulher não, que não era homem para fazer uma miséria dessas. Todos aceitaram. Problemas na empresa, quaisquer que fossem, iriam ser resolvidos por seus advogados. A briga passaria a ser, agora, só nos tribunais. Ninguém morreria. Ou morreriam Carlos Roberto e Zacarias. E foram todos para casa. Em paz.

    Emiliano esperou que saíssem e acendeu um charuto que o advogado de Zacarias lhe dera de presente. A fumaça subindo ao céu e ele pensando nas arapucas em que se metia. Por vontade própria. Sem precisão. Arrependido não estava, é certo. Como dizia um governador de Pernambuco, "aos amigos, tudo". E, "aos inimigos, os rigores da lei", completava o político. Mas nesse fim de frase Emiliano não pensou. Só no que lhe interessava. Olhou para o relógio, viu que era tarde e sentiu fome. Foi bater numa dessas churrascarias bem populares. Pediu picanha malpassada. Carne vermelha. Naquela noite negra e sem lua, queria sentir na boca o gosto quente do sangue.

16

A filha que não queria ver o pai

Hans era um alemão bem grande, bem branco e com bochechas bem vermelhas. Chegou ao Brasil com os pais, em fuga da Europa do pós-guerra, e acabou ficando. Casou, depois, com neta de alemão. E foi, desde que se formou engenheiro, gerente de uma firma de importados alemães. Pela vida toda. Em casa, e no trabalho, falava quase que só nessa língua. Perfeitamente. Já fora, usava um português miserável e difícil de entender, por conta de tantos erres arranhados. Está tudo explicado, pois. Mais ou menos, vá lá. O suficiente para entender nossa história.

Sissi era filha única do casal. Brasileira, claro. Inclusive na cor amorenada, genética tem dessas coisas. Herança de algum antepassado mais escuro de Hans ou sua mulher. Verdade que tinha nome inspirado numa imperatriz daquelas terras. E sempre sentiu vergonha disso. Só que alemã não iria ser, nunca. Junto dos pais, falava na língua deles. Não tão bem, com certeza. Mas só ali. Com amigos, era português mesmo. Resumindo, em casa era uma; e fora, outra.

A mãe de Sissi foi sempre uma figura decorativa. Como mãe ou mulher. Calada. Sem opiniões. E tinha papel bem definido, na casa, de obedecer e fazer os trabalhos domésticos. Sissi, dela, tinha pena. Cada vez maior, com o passar dos anos. Já do pai, gostava. Sobretudo enquanto era pequena. Mas, com o tempo, foram se afastando. Até quando compreendeu, afinal, que a única maneira de não brigar era obedecer. Só que isso, desde muito cedo soube, não fazia parte de suas cogitações. Estava escrito que teriam problemas, no futuro. E tiveram mesmo.

Tão logo se deu por gente, Sissi casou com quem queria. E não com quem Hans queria. Quem ela queria e o pai não queria. Quase como se fosse de propósito. E talvez, no fundo, tenha sido mesmo. Inconscientemente. Logo teve um filho. Ela e o marido planejaram esperar um pouco, mas algo deu errado. Acontece. Hans não gostava do genro, tinha problemas com a filha, mas era doido por esse neto. Tinha seu sobrenome. Seu sangue. E, para ele o mais importante, era macho. Alheio aos problemas familiares, esse neto gostava do avô. Porque gostava. E porque dito avô fazia tudo quanto ele queria. Ou dava tudo quanto pedia. Mas a vida segue seus roteiros sem dar muita importância para o bem-querer das pessoas. E tudo piorou quando Sissi foi morar em

São Paulo. Hans passou a ver o neto apenas de vez em quando, no Recife, em raras visitas. E recriminava Sissi por isso. De um jeito rude, que era o dele. Mais, talvez, do que fosse apropriado.

Tempos depois, Sissi abandonou o marido. E voltou a morar na cidade em que nasceu. O filho já tinha dez anos e era a cara do avô. Só que a relação de Sissi com Hans ia de mal a pior. Tanto que a filha, simplesmente, desistiu de vê-lo. Hans entendia isso. Mas não entendia, nem aceitava, deixar de ver o neto. Nos fins de semana, ela ainda ia com esse neto à casa de Hans. Aos poucos, menos e menos. Até que, tantos eram os problemas, e tantas as reclamações na hora de ir embora, que afinal desistiu. Passaram a viver avô para um lado, filha e neto para outro. Como se fossem pessoas estranhas. Era melhor assim. Para ela. E, talvez, para ele também. Só que não era, Hans logo percebeu.

O velho definhava. Perdera a mulher com câncer. Estava aposentado. Vivia em casa sozinho, com empregada que ia lá duas vezes por semana para arrumar, lavar e passar. Refeições, deixava no congelador. E ia embora. No resto do tempo, Hans não tinha nem com quem conversar. Numa noite, decidiu se suicidar. Passou horas com o revólver na cabeça. E percebeu que não tinha coragem para tanto. Sem alternativa, decidiu recomeçar sua relação com a filha. Tentar recomeçar, melhor dizendo. Mas nem teve chance de fazer isso, que Sissi não atendia seus telefonemas. E ele esperando, todos os dias, que o neto aparecesse. E a solidão aumentando. E o neto longe. Até que redigiu anúncio, publicado num jornal de domingo:

> *S., estou muito doente. Fiz 73 anos e você não aparece com meu neto. Continuo sozinho, morrendo de depressão profunda. Tenha piedade do seu pai.*

Embaixo, nome completo. Sissi pensou ir à casa do pai. Ou ligar. Mas teve medo e desistiu. Já doera muito, antes. Queria sofrer mais não. Melhor fazer de conta que não era com ela. E nada teria acontecido se um advogado, mesmo sem ter relação com essas pessoas, não tivesse tido curiosidade em conhecer melhor o drama. Depois de ler o anúncio, procurou o nome de Hans na lista telefônica e ligou. O velho atendeu, feliz, certo de que seria Sissi. Quando percebeu que era um desconhecido, ficou em silêncio por algum tempo. O doutor o chamava pelo nome "seu Hans, seu Hans". E a resposta do velho foi chorar. Muito. Alguns minutos depois, contou sua história. Pediu desculpas. E desligou. O advogado decidiu que precisava fazer alguma coisa, por não conseguir fingir que aquele drama não existia. E, já que tinha coluna semanal em um jornal, escreveu artigo sobre aquele desencontro entre pai e filha. Esse artigo terminava assim:

> *Quando um pai se dirige a uma filha, encarecendo piedade, é como se todos os homens, e todas as mulheres, se dirigissem a outros homens e mulheres iguais a eles. Pedindo, uns aos outros, e do mais fundo coração, que tenham piedade de nós.*

Quando publicado esse artigo, desde cedo, o telefone de Sissi tocou sem parar. Com os amigos dizendo que deveria ligar para o pai. Ou a censurando. E foi tanta gente que desistiu de sair de casa, naquele dia. Tinha medo de que, no trabalho, lhe dissessem o que estavam dizendo ao telefone. Mais que tudo, estava indignada com o artigo do jornal. Um desconhecido, para ela, não poderia ter feito aquilo. Não tinha esse direito. Até que, por volta do meio-dia, não aguentou. E foi falar com o tal doutor. Entrou na sala do seu escritório com cara de poucos amigos, disse quem era e declarou que ele passara de todos os limites. As pessoas ligavam como se ela fosse um monstro. E falou, e falou. No fim, disse palavras que eram uma síntese do que sentia: "O senhor acabou com minha vida."

O advogado ouviu tudo calado. Depois, afinal, falou: "Acabei com sua vida ou a salvei?, Sissi." Ela ficou muda. Imóvel. Como se não entendesse bem a cena. O doutor continuou: "Se seu pai morrer, menina, você nunca vai se desculpar. Vai carregar esse remorso pelo resto da vida." Após o que completou: "Por que não liga para ele?" Sissi entendeu que deveria se justificar: "Não ligo porque ele vai me dizer desaforos, vamos brigar de novo, vai ser muito ruim. Prefiro evitar isso tudo." O doutor ponderou que era preciso dar uma chance ao destino. Mas Sissi pensava diferente. Não acreditava nessa possibilidade. Sabia, no íntimo, que não daria certo. Foi quando o doutor fez uma sugestão final: "Você liga, diz algo simpático e escuta o que ele vai dizer. Se reclamar, você simplesmente desliga. Mas talvez fale que foi bom você ter ligado. Ou algo parecido. Faça isso por seu pai e por você." Sissi não respondeu. O doutor, para ela, era só alguém que nunca tinha visto antes. Nem cogitava encontrar, depois daquele dia. Sem autoridade para lhe dar conselhos. Então disse "Até logo", com voz dura, e foi embora. Cheia de ressentimentos.

O que aconteceu depois, só Sissi e Hans poderão dizer. Nenhuma outra nota foi publicada nos jornais. O doutor se roía, por dentro, sem saber como essa história findara. Sissi, para ele, não ligou. E o doutor não teve coragem de ligar. Nem para ela nem para Hans. Ficou pensando se fizera bem. Talvez não devesse ter interferido naquele problema. Em um mundo que não era o seu. E o tempo foi passando. Até que, certo dia, recebeu carta num envelope barato — daqueles com bordas em tracinhos verdes e amarelos, vendidos nas agências dos Correios. Sem indicação de remetente.

Abriu, rezando para que fosse resposta para suas preces. Dentro do envelope, pequeno bilhete em papel almaço cortado pela metade. Sem assinatura. A letra era tremida e o doutor soube, na hora, que era de Hans. No papel, só uma frase: "Obrigado, você salvou minha vida." O doutor sentou no terraço. Tirou da caixa um charuto Montecristo bem grosso, cortou a ponta devagar e acendeu com um isqueiro Zippo, velho, que recebera de presente. Deu uma baforada, satisfeito da vida; e viu a fumaça, bem azul, começando a se espalhar pelo ar e subindo na direção do céu.

17

A mulher de olhos verdes

ANNUSKA nasceu na Hungria, pouco antes da Segunda Guerra. Os pais judeus, preocupados com seu futuro, a deixaram com amigos em Paris. Ainda bem, que pouco depois acabaram num campo de concentração. E, deles, nunca mais se soube. Esses amigos, como tantos naquele tempo, decidiram tentar vida nova em outro lugar. Era algo natural, em uma Europa então despedaçada. Foi assim que Annuska veio bater no Recife.

Aqui, tão logo pôde, começou a trabalhar. Num salão de beleza. Por ser diferente das outras mulheres do bairro — na cor clara da pele, nos cabelos bem lisos e sobretudo nos olhos verdes —, não faltavam pretendentes à sua porta. Escolheu um deles, cadete da Escola Naval, Jaime. E não por ser militar. É que Jaime, além de simpático, era um homem bom. Pouco depois de casar,

Jaime foi expulso da corporação. Segundo a denúncia, por ser comunista. Não era. Mas, desde cedo, se incomodava com a miséria dos hospitais e das escolas públicas. Seus comandantes o consideravam maçã ruim. Capaz de contaminar a tropa, em tempos de Guerra Fria. Annuska contou às amigas, horrorizada, como foi triste ver aquela expulsão — com as dragonas que tinha nos ombros sendo retiradas e jogadas no chão, para que todos os colegas pisassem nelas. Seja como for, depois do episódio, ela ficou ainda mais apaixonada. E aquilo tudo, para o marido, até que acabou sendo proveitoso.

Com a colaboração de parentes nas despesas, virou advogado. E acabou passando num concurso para a prefeitura. Com bom salário. Em vez de assessor jurídico, preferiu ser fiscal de rendas. Naquela época, se podia escolher o cargo. Assim se deu para poder fazer seus horários de trabalho e ter tempo livre para jogar tênis. Gostava tanto desse esporte que só usava meias do clube em que jogava — brancas, com duas tiras vermelhas no alto. Mesmo quando estava de terno. Anos depois, Jaime teve um enfarte na quadra. Annuska considerou que morreu contente, fazendo aquilo de que mais gostava. E seguiu a vida.

Necessidades não passava, que Jaime deixara aposentadoria confortável. Sem contar os aluguéis de alguns imóveis, que completavam sua renda. Mas a solidão era maior do que podia suportar. Sem pais, sem irmãos, sem filhos e agora sem marido, viver os últimos anos sozinha parecia muito pesado para ela. E seus olhos verdes continuavam atraindo admiradores. Foi assim que passados três anos, e depois de um namoro rápido, casou com aposentado que fora gerente do Banco do Brasil. Annuska apreciou, em Rodrigo, sobretudo a elegância meio antiga no vestir, nos gestos largos, no falar. Como se fosse uma figura do passado. Sem contar que a chamava sempre de *minha deusa*. Naquela fase da existência, era o que desejava. Ou precisava. Acabaram indo morar na casa dela, por ser mais central. A de Rodrigo foi alugada, aumentando a receita do casal. E tudo corria bem. Mas só no início. Que Annuska foi, depois, conhecendo melhor quem ele era. Por dentro. Bem diferente do primeiro marido, infelizmente.

Para começar, bebia mais do que devia. Ou do que Annuska pensava que devia. Era rude no trato com pessoas mais simples. Como se elas não tivessem maior importância. E, pior que tudo, soube que seu patrimônio viera das propinas de clientes para quem liberava empréstimos no banco. Sem contar que ainda se gabava disso. Rodrigo vivia como se fosse alguém acima do bem e do mal. Um vencedor. Foi quando Annuska entendeu melhor o sentido de uma frase que vivia repetindo, quando estava bêbado: "Viva o nosso Brasil." No começo, imaginou ser apenas prova de amor ao país. Que nada. Era que, para ele, havia dois Brasis. O dos homens comuns — aqueles ingênuos que ganham pouco, pagam impostos e querem fazer tudo certinho. E o dos espertos, que sabem aproveitar a vida boa. O primeiro Brasil era dessa gentinha. Diferente do *nosso*. E Annuska foi ficando com horror dele.

A coisa piorou quando Rodrigo começou a passar o dia longe de casa. Saía manhãzinha cedo e voltava só bem tarde. Quase sempre embriagado. Annuska chegou ao limite. Seu limite. E assim foi até que, certo dia, informou ao marido: "Se hoje voltar depois das oito, vai dormir longe." De noite, por implicância talvez, a cena se repetiu. E Rodrigo viu, logo ao chegar, duas malas cheias com suas coisas. Tudo como Annuska prometera. Pediu perdão a sua *deusa*. Disse que isso não iria acontecer de novo. Mas ela sabia ser da boca para fora. Sem contar que era húngara. E não voltava atrás na palavra dada. Inviabilizadas todas as tentativas de perdão, Rodrigo acabou se conformando. E foi embora. Para morar não se sabe onde.

Mas logo voltou à freguesia. Virou corretor de imóveis e fazia ponto num edifício em construção, bem próximo do antigo lar. Todo fim de tarde ficava num boteco próximo. Bebendo e falando mal de Annuska. Não poucas vezes, ao ir embora, parava o carro na frente da casa de Annuska e gritava, só para irritar o antigo amor: "Viva o nosso Brasil."

Indignada com tanto desrespeito, e agora conhecendo melhor o marido, Annuska decidiu que isso não iria lhe sair barato. E começou um processo de desquite litigioso. No fim, parte substanciosa dos proventos do marido acabou indo parar, todo mês, nas mãos dela. Como pensão alimentícia. Era uma doce vingança.

Porque doía na carteira dele. Problema foi que, a partir daí, sua vida virou um inferno. Rodrigo telefonava todo dia. No começo, pedia por favor que abrisse mão do dinheiro. E se queixava. Depois, foi subindo no tom da reclamação. Cada vez mais. Até que vieram as ameaças. Inclusive de morte. Assustada, Annuska comprou um gravador pequeno, Grundig, o melhor que havia na praça. E passou a gravar as conversas. O som era ruim mas dava para ouvir, perfeitamente, suas vozes. Contou à amiga Manuela todo sofrimento em que se convertera sua vida. E disse que estava gravando as ameaças de Rodrigo. Pelo sim ou pelo não, era bom que soubesse. Sobretudo se lhe acontecesse algo.

Aconteceu. Dois ou três meses depois, a televisão anunciou a descoberta de um corpo deformado. No outro lado da cidade. Amarrado numa árvore. As amigas, preocupadas com o sumiço de Annuska, foram conferir e era ela. Os autores materiais do crime foram identificados logo — dois meliantes de quinta categoria que topavam qualquer serviço em troca de dinheiro para cachaça e maconha. Depois de fumar alguns baseados, começaram a se gabar de terem apagado uma velha. A polícia foi informada. Os convidou a visitar a delegacia. Num camburão. E, com a colaboração de dois ou três sopapos em cada, contaram tudo. Verdade que não conheciam quem contratara aquele serviço — nem o nome do homem, nem o que fazia, nem endereço, nada. Mas, fosse quem fosse, pagara o preço combinado. Metade na hora, o resto depois. E grana era o que importava. Problema, para a justiça dos homens, é que apenas eles foram presos. O mandante do crime, não. Foi quando Manuela se lembrou das ameaças recebidas por Annuska. Foi até sua casa. Encontrou o tal gravador Grundig. Conversou com seu advogado sobre o que deveria fazer. A sugestão foi levar aquele gravador à polícia e contar como o casal vivia às turras.

Um mês depois da morte de Annuska, suas amigas mandaram celebrar missa em memória dela. Rodrigo teve o desplante de ir. Ficou atrás, na igreja, com um riso meio debochado no rosto. Como se achasse graça naquilo tudo. Em seguida, foi para um bar próximo. Chegou eufórico. Disse a todos que a noitada seria por conta dele. Queria comemorar uma data importante. Não disse a razão, nem ninguém perguntou. E começaram todos a encher a cara. No meio da noite, pediu a palavra. E fez um discurso meio sem nexo, com voz engrolada, do qual ninguém conseguiu entender bem o sentido. Começou dizendo que, "neste país de merda, quem sabe fazer as coisas sempre se dá bem". E, em seguida, "Viva a impunidade". "Viva!", completaram todos. Não por concordarem com isso, era só o que faltava. Mas porque ele estava pagando. E todos queriam que assim continuasse. Beber já é bom; e, de graça, melhor ainda. Completando a cena, levantou o copo de cachaça e fez um brinde com palavras que Annuska tantas vezes ouvira antes: "Viva o nosso Brasil!"

Nesse momento, um cidadão entrou no bar. Dirigiu-se à mesa em que estava o grupo e perguntou quem era o dr. Rodrigo. Com voz de bêbado, ele respondeu: "Sou eu, amigo, em que posso servi-lo?" "Em pouca coisa." O homem então mostrou, com a mão esquerda, uma carteira de delegado de polícia. Com a direita puxou da cintura, perto do revólver, um par de algemas prateadas. Balançou-as bem no nariz de Rodrigo, sem nenhuma consideração. E disse bem alto, para que todos pudessem ouvir: "Teje preso." Em seguida, mostrando no rosto que fazia aquilo com muito prazer, completou: "Ponha os dois bracinhos para a frente, por favor." Rodrigo, sem perceber direito o que estava acontecendo, esticou os braços. Ouviu o clique das algemas se fechando. E desabou no chão. Pelo susto e pela bebedeira. O policial nem se incomodou. E saiu do salão arrastando o meliante, pelo chão todo sujo, como se fosse um saco de lixo.

18

A fábula da antiglobalização

ERAM irmãos gêmeos parecidos, nos corpos. Mas bem diferentes, nos patrimônios. Cosme, casado com filha de usineiro rico de Alagoas, vivia bem. Muito bem. Tinha carros importados. E até um avião King Air, que usava para ir à usina. Já Damião sofria como um pé-rapado qualquer. Ganhava o suficiente para sobreviver, apenas. Em resumo, era classe média. De média para baixo. O que ninguém poderia desconfiar é que sua vida logo iria mudar. E como!...

Naquele tempo, Damião se dedicava ao comércio do fumo, que vendia para fábricas em todo o Brasil. E, de vez em quando, para uma de charutos nos Estados Unidos. A Macanudo. Só que toda venda para fora do país era um sofrimento. Naquela época, bom lembrar, não havia telex, nem fax, nem internet. Era tudo por cartas. Preparadas no escritório do irmão. Porque Damião falava só português. E mal.

E assim foi até quando, certo dia, recebeu telefonema. De americano, que nascera em Cuba e vivia em Miami. Falando em espanhol, uma língua que Damião era capaz de entender. Ainda bem. Indo ao que interessa, o tal senhor se apresentou como diretor da Macanudo. E perguntou se ele tinha fumo para vender. "Tenho, e muito." "Quanto?" "Todo o fumo do Brasil." Mentira. Não tinha fumo nenhum. Mas isso aquele gringo, tão longe, não tinha como saber. "*Gracias*", disse o americano. E mais não disse nem lhe foi perguntado.

De noitinha, quem ligou foi o próprio presidente da Macanudo. Damião quase morreu de emoção, ao saber quem era. Nesses anos todos, havia falado no máximo com gerentes da fábrica. E, agora, era o próprio chefão. Em pessoa. Estava se sentindo nas nuvens. E repetiu-se a mesma pergunta, novamente em espanhol. E a mesma resposta, novamente em português. "Tenho todo o fumo do Brasil." O gringo confirmou que, em 48 horas, estaria lhe fazendo uma visita. Fim da conversa.

Damião percebeu que algo estava acontecendo. Deveria ser muito grave. Só não sabia o quê. Nem ele nem ninguém, nas redondezas. Então perguntou, aos amigos, o que seria. Algo que, de alguma forma, explicasse aquela visita inusitada. E foi assim, de pergunta em pergunta, que, perto das 5 da manhã, um amigo radioamador ligou. Os Estados Unidos haviam declarado embargo comercial a Cuba. Tudo explicado.

A fábrica americana já não poderia comprar fumo na ilha de Fidel. Teria que procurar em outro lugar. E esse outro lugar iria ser por aqui mesmo. Em Maceió.

Então foi conversar com o irmão e Cosme lhe emprestou um armazém grande, vazio por conta da entressafra da cana-de-açúcar. Em seguida, foi à praça do mercado. Alugou todos os caminhões disponíveis. E saiu com aquela frota pelos interiores, procurando o fumo que havia nas mãos dos produtores. Primeiro pertinho, em Arapiraca. Depois, no Recôncavo Baiano — terra que tem o chão, o sol e a chuva certos para produzir fumo. Cruz das Almas, Muritiba, Paraguaçu, São Félix, São Gonçalo dos Campos. Comprou tudo que encontrou, em média cada fardo a 5 *cents* de dólar. O preço, mesmo no Brasil daquele tempo, já era feito nessa moeda. Primeiros prenúncios da globalização. Sua estratégia era a seguinte: o fumo vendido seria pago, ao produtor, pelo preço cobrado; e, o que sobrasse, devolvido. Com a explicação de que os compradores viram nele algum defeito e o recusaram. Voltou dessa pequena viagem e pôs todo o estoque no galpão de Cosme. Pensou em pedir ao irmão, que falava inglês bem, para estar presente nas negociações. Só que para seu azar, ou sorte, Cosme acabara de viajar aos *States*.

Dia seguinte, como anunciado, chegaram os gringos. Primeiro foram ao galpão, onde os técnicos examinaram o produto. Depois, afinal, o presidente da Macanudo se reuniu com Damião. Ele falando espanhol e Damião português mesmo. Como antes. Sofriam um pouco, é verdade, mas conseguiam se comunicar. E foram logo à questão central do encontro. "Quanto vai sair cada fardo do fumo?" Damião, normalmente, fazia vendas com lucro de 40%. Como comprara por 5 *cents*, o preço deveria ser de 7. Mas considerou que, vindos de tão longe, os americanos certamente pagariam um pouco mais. Por isso elevou, mentalmente, seu lucro para 60%. Iria cobrar 8 *cents*.

Só que, na hora, teve uma intuição. E decidiu levantar o preço de vez. Iria era ter lucro de 100%. Comprou por 5, ia vender por 10 *cents*. E pronto. Quando o homem perguntou pelo preço, Damião, querendo ser gentil, respondeu na língua do comprador: "É *ten*!" Os protestos do americano foram grandes. Estava muito caro. E Damião, decidido, "É *ten* ou nada!". Continuaram os protestos. Mas Damião se manteve inflexível.

Os americanos pediram para se reunir só eles. Fecharam-se numa sala. E o tempo foi passando. Depois de três horas, Damião estava completamente arrependido. Esperteza é coisa boa, mas perigosa. E se os americanos não comprassem nada, estaria perdido. Teria que devolver todo aquele fumo. Perderia o custo do frete. E sairia do mercado, que ninguém mais lhe venderia nada. Então decidiu alterar a pedida para os 7 *cents*, que seria o preço normal dessas vendas. Tentou dizer isso aos americanos. Só que os seguranças, contratados pelos estrangeiros, disseram que não poderiam permitir sua entrada na sala. Algum tempo depois, com Damião arrasado pela angústia de tanta espera, os americanos enfim apareceram. Com o contrato já datilografado e assinado pelo presidente. Faltando só assinatura do vendedor.

Damião prestou atenção apenas no preço, 10 *dollars*. Não 10 *cents*, como pedira. *Ten dollars*. Deus é pai. Claro que, com a falta de fumo no mercado internacional, 10 *cents* seria barato demais. Não dava mesmo para acreditar num preço desses. Só que 10 dólares era um horror de caro. Quase um assalto. Mas os americanos acabaram tendo que aceitar. Enfim... Pediram para Damião assinar. Só que Damião não podia fazer isso. Por uma razão simples. É que seu braço tremia como vara de marmelo. Sem parar. Para que ninguém percebesse, encostou esse braço na mesa. E assim ficou, até que a tremedeira diminuísse. Assinou o contrato, sem nem pedir antes ao advogado que o irmão lhe emprestara, especialista em contratos internacionais, para ler. Apertou a mão dos gringos. E passaram a cuidar, agora já com o advogado presente, das providências para o embarque da mercadoria.

Quando Cosme voltou dos Estados Unidos, jantaram juntos. Para celebrar aquela venda. Damião contou como tudo acontecera. Tim-tim por tim-tim. Cosme perguntou o que iria fazer, agora que era um homem rico. "Comprar um avião King Air, maior que o seu." "E para quê?, homem." "Sei não. Só pelo gosto." Cosme riu, já sabendo que o irmão não tinha jeito. Perguntou se, depois disso tudo, continuaria no ramo do fumo. Damião respondeu que não: "O raio não cai duas vezes no mesmo lugar. E nunca mais vou ganhar o que ganhei agora." "E vai fazer o quê?, mano." Damião pensou um pouco e disse: "Vou comprar uma usina como a sua." Cosme riu de novo. Tem jeito mesmo não. Trocou de conversa. Perguntou se havia aprendido alguma coisa, naquela confusão toda. "Sem dúvida, irmão." "E o que foi? Damião." "Que, se soubesse falar inglês, eu tava era lascado."

19

A louca de Olinda

A CABEÇA de Clarice não funcionava muito bem. Verdade que, na família, era como se tudo corresse às mil maravilhas. Mas não corria. Tanto que, de tempos em tempos, tinha que ser internada em clínicas psiquiátricas. Como não podia ficar ao deus-dará, sua mãe, Carmela, decidiu arranjar um cantinho para ela morar. Quarto e sala modesto, por trás de uma galeria explorada por outro filho. No caminho do Mercado da Ribeira. Para os pais, o céu. Porque ficavam longe dela. Já para os vizinhos, quase sempre um inferno. Que as crises não tinham data nem hora marcada para acontecer.

Fosse pouco, a mãe economizava muito no dinheirinho da pobre filha. Dava só a conta certa para as despesas. Com medo, talvez, que a sobra fosse utilizada para crack ou algo parecido. Problema é que Clarice comprava sempre uma coisinha de mais; razão pela qual no fim do mês era sempre uma coisinha de menos em sua despensa. Quem morava perto acabava tendo que ajudar. Nada demais, que todos gostavam dela. Embora Carmela nunca tenha agradecido. Como se acreditasse que todos estivessem obrigados a fazer isso. Paciência.

Num fim de tarde qualquer, Clarice começou a gritar, desesperada, dizendo que um homem queria matá-la. Não havia ninguém, claro. Só que havia, para ela. "Me acudam, tem um homem atrás de mim." E era tanta gritaria, e tanto sofrimento, que uma vizinha de muro, Maria Lia, decidiu fazer alguma coisa. E bateu na porta do quarto dela. Ao ouvir uma voz conhecida, Clarice deixou entrar. "Calma, Clarice. Calma", falava com voz doce. "Calma que o homem já foi embora." "Foi não, está lá fora pra me matar." Maria Lia, do seu lado, só dizendo "Calma". Até que Clarice acabou voltando ao normal. O normal dela. E Maria Lia ficou orgulhosa por ter feito o que fizera.

Problema é que no dia seguinte, às mesmas horas, Clarice endoidou de novo. Quase numa repetição da crise anterior. O passado voltou, mas só parte dele. Antes, no mundo real, Maria Lia estava do seu lado. Só que Clarice via tudo pelo avesso. E, agora, gritava: "Socorro, que dona Maria Lia quer me matar. Socorro, por favor." A vizinha, desta vez, preferiu ficar em casa. Por não querer confusão. Outro que tomasse providências. Ou a família, como deveria ser. Rezou para que tudo acabasse bem. E os gritos aumentando: "Socorro, que dona Maria Lia quer me matar."

Como se fosse pouco, a doida também começou a jogar, por cima do muro, todos os objetos de metal que havia na casa. Foi assim que baixelas, bandejas de aço inox e latas de alimentos foram tomando conta do jardim de Maria Lia. Até que parou tudo, graças ao bom Deus. Por pouco tempo, que Deus andava de férias. Clarice encontrou um faqueiro antigo, de prata portuguesa, e começou nova fase no arremesso dos objetos. Com método. Primeiro as facas, uma por uma. Depois garfos, colheres, o resto.

Em seguida, passou a jogar vidros que se quebravam ao cair no chão — garrafas, copos, jarros, frascos de perfume. Só que não mais no quintal de Maria Lia, agora em seu próprio terraço. Sem razão aparente para isso. Talvez porque, na sua cabeça partida, pudessem dificultar o acesso do suposto assassino à sua porta. Maria Lia lembrou do que aprendera na faculdade, que esquizofrenia quer dizer *mente fendida*. Compreendeu que era mesmo. E, como ninguém apareceu, ligou para Carmela, dizendo que a filha precisava de ajuda. Ligou também para um advogado amigo. Com receio da confusão que poderia se dar, pelo fato de estar sendo acusada de tentar matar a pobre da Clarice. O doutor disse que iria em seguida. E sugeriu chamar também a polícia.

Toca a campainha na casa de Maria Lia. Em vez de abrir logo, como sempre fazia, quis saber quem era. "Severino, a mando de dona Carmela." Abriu a porta e viu que se tratava de um rapaz magrinho. Perguntou o que a mãe de Clarice queria. "A patroa mandou recolher tudo e levar pra casa dela." Maria Lia, dizer não disse, mas considerou um absurdo. Que, antes de se preocupar com a filha, pudesse a família pensar nos bens. Não estranhou. E até achou bom que levassem mesmo aquela tralha para longe dali; porque, voltando à casa de Clarice, poderia ser novamente atirada no seu jardim. Então lembrou de ter ligado para a polícia. E considerou importante deixar tudo como estava. Porque ninguém acreditaria na cena, se não visse aquele mar de metal no seu jardim. Por isso disse ao tal Severino, com voz enérgica: "Sente-se aqui, que só vai levar mais tarde." Severino obedeceu, calado. Manda quem pode, obedece quem tem juízo.

Afinal, chegaram os policiais. Maria Lia gostou quando viu que o major, comandante da patrulha, era um amigo de infância. O homem entrou, bebeu refresco, acendeu um cigarro e passaram a conversar. Falou da família, da carreira e de que estava se aposentando. Aquele seria seu último dia de trabalho. Depois de muito sofrimento. E sem um único processo nas costas. Agora ia ficar só no bem-bom e aproveitar a pensão, mesmo sendo pouco dinheiro. Maria Lia, em troca, disse como fora sua vida. E contou como tudo acontecera, com a doida. O major pediu que o fotógrafo registrasse a cena do quintal, para abertura do competente inquérito. Também, que viessem médicos e uma ambulância — por ser talvez necessário.

Informado de que Carmela fora também avisada, preferiu esperar que chegasse. Antes de tomar qualquer atitude. Afinal, melhor seria mesmo falar com Clarice tendo a mãe por perto.

Depois das fotos, Severino se sentiu autorizado a juntar aquelas peças em dois pequenos montes. Um, só com o faqueiro. Outro, com o resto. Mas logo percebeu não ter como levar tudo apenas com as mãos. Então dirigiu-se a Maria Lia, falando baixo e com toda educação: "A senhora por acaso tem algum saco?" Maria Lia não gostou dessa intimidade, mas já tinha problemas demais. Deu logo dois, vazios, bem resistentes, da ração de seu cachorro. E, já com aqueles dois sacos entupidos, um em cada ombro, faqueiro de um lado e o resto do outro, perguntou a Maria Lia se podia ir embora. Vendo os policiais na calçada, e sem saber se haveria outras providências a tomar, disse apenas: "Melhor perguntar à polícia." O que foi feito. Novamente Severino pediu e o major autorizou. Após o que, capengando com aquele peso todo, e praguejando pela canseira que teria, o rapaz desapareceu do lugar.

Em seguida, chegou o advogado de Maria Lia. E, mais tarde, Carmela. Sozinha. Sem o marido. Reunidos todos, Maria Lia contou o que ocorrera. Começando pelo evento anterior, em que tentara ajudar a vizinha. E lembrou que Severino já deveria estar chegando na casa dela. Foi quando Carmela, com ar de surpresa, perguntou: "Severino?, que Severino?" Maria Lia parecia não entender a cena. "Como *que Severino*?" "Não conheço nenhum Severino." "Mas a senhora não mandou aquele moleque levar as coisas pra sua casa?" "Não, não mandei ninguém." Aos poucos, a cena ia ficando clara para todos. E Carmela começou a se desesperar, novamente. Não mais com a filha, só por conta do prejuízo que começava a perceber definitivo. E grande. Sem contar que o faqueiro tinha valor sentimental. Era herança de seu avô. Então se dirigiu a Maria Lia, sem nenhuma consideração pelo que a vizinha fizera por sua filha, e disse, num tom de voz ríspido: "E quem foi que autorizou esse ladrão a levar minhas coisas?"

Maria Lia teve um primeiro impulso, ao ver tanta arrogância, que foi o de mandar Carmela à merda. O que desde muito queria fazer, verdade se diga. Mas pensou um pouco, antes de responder. Compreendeu que, além de todos os incômodos provocados por Clarice, ainda poderia vir a responder por aquela perda financeira. E, bem calma, respondeu: "Quem autorizou foi o major." Após o que voltou para casa e fechou a porta. Sem desconfiar de nada, o militar estava descansando num banquinho. Carmela voltou seus olhos, faiscando de ódio, na direção dele. Pôs o dedo no seu nariz, disse "o senhor vai ter que me pagar o prejuízo", e avisou que daria parte na Secretaria. O homem, coitado, começou a ver seu triste futuro. Com um processo desses, a tão sonhada aposentadoria iria ter que esperar. Fosse pouco, e poderia ser responsabilizado por aquela perda. Mesmo ganhando tão pouco. Ou expulso da corporação. E começou a suar.

Foi quando o rosto do major se iluminou. Agradeceu a Deus a ideia que teve, levantou-se do banco, disse a Carmela "com licença", convidou o advogado para que o acompanhasse, chamou o fotógrafo e entraram todos na casa de Maria Lia. Conversaram, lá dentro, por cerca de cinco minutos. Depois voltaram todos, para encontrar com Carmela. Sem que ninguém pudesse desconfiar do que trataram.

O major olhou para o rosto, vermelho de ira, da mãe de Clarice, e perguntou: "O que é mesmo que a madame deseja?" Carmela, com cara de espinhela caída, respondeu: "Quero que o senhor pague meu prejuízo. Só isso." E o major, bem calmo, "Que prejuízo?". "Do meu faqueiro de prata, claro." "Que faqueiro?, minha senhora." "Aquele que o ladrão roubou." "De onde?" Carmela não entendia nada. "Como de onde? Dos jardins de dona Maria Lia." O major, então, voltou-se para a velha colega de colégio, e perguntou: "A senhora viu algum faqueiro por aqui?" E Maria Lia, cúmplice, "Não vi nada". O major completou. "Eu também não." Virou-se para o fotógrafo e novamente perguntou: "O senhor bateu foto de algum faqueiro, nesse jardim?" "Nada, major", disse o soldado.

Carmela quase teve um enfarte. "É uma quadrilha. Vocês estão juntos nesse assalto. Isso não vai ficar assim." O major chamou o médico e completou a desgraça de Carmela: "Esta senhora está muito alterada. Por favor, lhe dê um calmante. E, se não melhorar, leve para o hospício da Tamarineira." Carmela entalou, quando percebeu o que estava por acontecer. O médico chegou para perto dela, com o enfermeiro junto e uma camisa de força nos braços do enfermeiro. Sua cara era mesmo de quem tinha perdido o juízo. De raiva pura. O major, como quem desejava encerrar logo a conversa, perguntou: "A senhora tem certeza de que tinha mesmo um faqueiro por aqui?" E Carmela, pensando nos prós e nos contras, engoliu o orgulho, amansou a voz e respondeu, somente: "Tinha não, major. Me desculpe."

20

A falecida

FAMÍLIAS com muitos filhos têm, de vez em quando, um nascido fora de hora. Muito depois dos outros. Assim se dando porque os primeiros nascem antes que a mãe tenha 20 anos. Vicente era esse mais novinho. E ainda bem. Que a mãe morreu no parto. Cabendo sua criação a uma irmã bem mais velha, Maria das Graças. Apesar de tudo, a infância foi boa. Tranquila. Como a de todas as outras crianças do lugar. Sem TV. Nem computador. Nem videogames. Sobrando tempo para jogar bola com os amigos e brincar junto dos bichos. Tudo que os meninos de hoje, presos nos apartamentos, nem sabem o que é. E, se soubessem, ficariam morrendo de inveja.

Mais tarde, veio para a capital. E acabou advogado famoso. Já Maria das Graças ficou na cidadezinha em que nasceu. Era professora e não casou. Aposentada, ganhava só o que recebia do governo. Pouco, mas suficiente para os gastos. Sem contar que Vicente ajudava nas despesas. Mais importante é que sempre se visitavam — como acontece, ou deveria acontecer, com mães e filhos. Ao menos era assim, naquela época.

Um dia, que se perdeu na memória, Vicente recebeu carta dessa irmã. Confessando seu afeto. Como se fosse preciso. Só para dizer que nada, em sua vida, tinha sentido sem ele. Vicente respondeu com um bilhete curto: "Maria das Graças, essa foi a mais bela carta que já recebi. Um beijo." Foi quando compreenderam, os dois, que suas vidas estariam ligadas para sempre.

Vieram os cabelos brancos e a irmã passou a sofrer com diabetes. Fosse pouco, também com um começo de esclerose. Vicente chegou a cogitar em trazê-la para morar com ele, na casa grande que tinha perto do Hospital Português. Em frente à Rua Manuel Bandeira, o Pintor. Mas acabou decidindo que melhor seria ficasse onde nascera e sempre vivera. Tudo, no Recife, seria um enorme contratempo. Para Vicente, obrigado então a cuidar dessa irmã. E para ela própria, que aqui não conhecia ninguém. A decisão de permanecer no interior, por tudo, foi a melhor. Ao menos, tinha próximo amigas para conversar. Num tempo em que vizinhos ainda conversavam. Até de noite, com cadeiras na calçada.

Fosse como fosse, tudo ia bem. Até o dia em que Maria das Graças decidiu comemorar não se sabe o quê. Fez um bolo de chocolate, daqueles bem grandes.

Com calda esparramando pelas bordas do prato. Bem melada. Completado, seu pequeno banquete particular, com uma garrafa de Coca-Cola grande. Bem que Vicente havia proibido a presença de refrigerantes na casa, por conta do diabetes. Mas não adiantou, que ela própria comprava. Escondido. Depois daquela farra danada, morreu a irmã querida. Na mesma noite. Sem que se possa dizer ter sido suicídio, dado não ter deixado qualquer bilhete. Provavelmente, foi só a cabeça que voou de vez na direção de céus desconhecidos.

Quando soube do fato, Vicente decidiu que juntos seriam enterrados. No cemitério de Santo Amaro, perto do centro do Recife. E lá se foi para aquela casa do passado, em busca do corpo. Chegou e logo foi ao quarto da irmã. Começou por remexer a sua mesa de cabeceira. Sem mesmo saber por quê. Numa pequena gaveta, encontrou envelope cor-de-rosa escrito, com letra dela, "Para Vicente". Dentro, rascunho daquela carta que a irmã lhe enviara. E sua resposta. Vicente chorou, por ela e por ele. Depois, andou pelos outros quartos, revendo memórias de outros tempos. E foi à sala, que ficava nos fundos. Estava tudo pronto para o velório. Preparado pelos empregados. No caixão de defunto, o que mais se via era o nome do fabricante, em letras douradas — *Funerária Vai com Deus*. Esse nome, nunca mais esqueceria.

Antes da missa de corpo presente, que seria celebrada no local, tomou todas as providências. Começando por ligar para o *Diário de Pernambuco*. Naquela época, bom lembrar, não havia celulares. E telefones funcionavam dia sim, dia não. Quase não se ouvindo a voz de quem falava. Apesar das dificuldades na comunicação, encomendou anúncio do enterro para as 11 horas da manhã seguinte. A mulher do jornal perguntou que tipo Vicente queria. Como ninguém por aqui sabia quem era mesmo sua irmã, respondeu na hora: "O mais barato." Nesse mais barato, para esclarecer, bastava compor uma plaqueta com o nome do morto, outra dizendo quem convidava, e mais outra com os complementos — data, hora e local do enterro. Todo o resto estava já na linotipo. Que os jornais eram então impressos com chumbo. Compostas as matérias, letra por letra, em linhas. O anúncio custava menos por já estar pronto. Bastava fazer as três plaquetas e pôr nos locais devidos. Certo que, no dia seguinte, se aproveitava o mesmo anúncio para outro defunto. Mudando só as três plaquetas referidas. Depois que tudo acabou, voltou ao Recife — onde, no dia seguinte, se daria o enterro. E determinou que o caixão fosse diretamente para o cemitério. Bem cedo.

Ao ler o jornal, de manhãzinha, quem ia morrendo foi Vicente. De susto. Que, no anúncio, era Maria das Graças quem convidava para o enterro dele. Pior é que não podia culpar ninguém. Alguma confusão aconteceu na conversa com o jornal. Culpa dos telefones. Ou dele próprio. Fazer o quê? Um advogado muito ligado, e que tinha dois filhos que faziam aniversário no mesmo dia dele — 30 de outubro —, ligou bem cedo para sua casa. Queria saber detalhes do enterro. E o próprio Vicente atendeu. Agora, quase também morreu esse amigo. Era susto em cima de susto. Pela própria boca de Vicente, ouviu os detalhes de como a confusão acontecera. E uma convocação para não faltar na despedida de sua irmã.

Antes que outros ligassem, Vicente tomou café e se dirigiu para o cemitério. Bem antes da hora marcada para o enterro. O caixão já tinha chegado. Estava bem na porta do jazigo da família. O *Vai com Deus* em destaque. E os coveiros tomando conta. Vicente preferiu deixar as coisas como estavam, no lugar, e foi para o portão de entrada. No alto dele, gravado em ferro, se podia ler *Lasciate ogni speranza voi che entrate*. Como no *Inferno* de Dante.

O advogado amigo, aquele do telefonema anterior, já lá estava. Para ajudar no que fosse preciso. Foram chegando outros amigos e era sempre uma festa. Estava vivo, nada mais importava. Tapas nas costas, abraços, alegria muita. Então ele anotava, numa caderneta, o nome de todos. E pedia, "Vão embora não, que tem o enterro de minha irmã". No fim, acabou sendo até bom para a falecida. Maria das Graças deve ter ficado orgulhosa. Pois quem conhecesse a vida simples que levava, no interior, jamais poderia imaginar o tamanho da multidão que foi prestigiar seu enterro, na capital.

Voltando para casa, Vicente colocou em ordem alfabética os nomes dos amigos que compareceram ao evento. Datilografou a relação. E pôs na carteira. Depois desse dia, quando morria alguém, os amigos o procuravam logo: "Vicente, morreu...", e diziam o nome do infeliz. "Vamos ao enterro dele." De propósito. Por já saberem como a conversa iria terminar. Sobretudo se o morto fosse, com certeza, alguém que ele não conhecesse. Porque Vicente respondia, invariavelmente, "Um instante". Abria a carteira e consultava sua listinha. Quando o coitado não estava nela, e isso era quase sempre, a resposta vinha na hora: "Vou não. Só vou a enterro de quem foi pro meu."

21

A primeira morte de Hermilo

Somos todos mortais, com uma duração justa. Nunca maior ou menor. Alguns morrem logo que morrem, outros vivem um pouco na memória dos que os viram e amaram; outros ficam na memória da nação que os teve... Mas a todos cerca o abismo do tempo que por fim os some.

Livro do desassossego ("Grandes trechos"),
Bernardo Soares

QUARTA-FEIRA, 26 de junho de 1976. Ligou Leda Alves. Leda de Hermilo Borba Filho, maior romancista de Pernambuco. Leda era de Hermilo, como Hermilo era de Leda. Propriedade privada. Não havia um sem o outro, logo seus amigos acabaram se acostumando com isso. E tudo levava a crer que seria um dia como tantos. Mas não foi. Ao menos para mim. "Dê as ordens, dona Ledinha." "Hermilo quer falar com você." Fiquei esperando. Chegou Hermilo. "Tudo bem?, José Paulo." "Tudo bem, amigo." "É o seguinte. O coração anda ruim e vou morrer numa semana. Preciso muito falar com você." Pensei nas palavras que antes escreveu: "Lá vem o chamado Boca-Mole, com a sua angina e a sua tranquilidade de missão em andamento, curtido e carcomido mas puro, devastado na pele e nos ossos, mas poeta em suas atitudes e gestos e caminhos." Era quase como estava. E prometi passar no apartamento dele à noite, quando voltasse para casa.

O endereço, na praia da Boa Viagem, conhecia bem. Rua dos Navegantes, Ed. Dom João VI, quase por trás do Posto 4. Leda me levou ao pequeno terraço do apartamento, em frente ao mar. Hermilo estava sentado numa cadeira com tiras de madeira pintadas de branco e ferragens escuras. Com um copo de uísque na mão, claro. E sem uma única luz acesa, no lugar. Apesar disso, o ambiente era iluminado pela intensa claridade que vinha de fora. Abracei-o fraternalmente. Estava em paz. Ou parecia estar. O assunto da urgência é que decidira fazer seu testamento. Indicou vontades, anotei num papel e guardei no bolso do paletó. À noite, redigi. E, no dia seguinte, ele assinou. Hoje, percebo que estava só esperando por isso.

Depois Leda me disse que, pouco antes de mim, estivera com ele Dom Marcelo Carvalheira. E que Hermilo confessara estar preparado "para olhar Deus cara a cara". Dom Marcelo o abraçou, comovido. Talvez por sentir o mesmo que Frei Betto, pouco antes daquele encontro. A sensação de que o via pela última vez.

Volto ao presente e àquele terraço. Passamos a conversar. Hermilo falava com a franqueza própria dos que têm plena consciência do fim. Mas sem angústias aparentes. Então perguntei o que sentia, por dentro, alguém como ele que só acreditava nos homens — e, ainda assim, com reticências. Queria saber se a sensação era a daquela tristeza própria das coisas findas; ou, ao contrário, de confiança pela permanência das suas ideias. Nesse momento, um transformador da rede elétrica explodiu na rua. Barulho enorme. O bairro todo escureceu. Ele disse, na hora: "Combateremos à sombra." Sem compreender se o uso da frase do general Leônidas (nas Termópilas) era só um comentário sobre a ausência de luz, ou resposta à pergunta, continuei em silêncio. E Hermilo não falou mais. "Boca não disse palavra", como no verso de Drummond.

Ficamos então imóveis, acostumando a vista à escuridão. Até que, nas minhas retinas, vi o branco dos seus olhos. Depois, o branco dos dentes — prova de que estava rindo. Algo mesmo natural; que, triste, ninguém nunca o viu. Nem no fim. Talvez porque soubesse que o destino dos homens é sempre o mesmo — nascer, viver uma vida digna, deixar saudades. No mesmo momento em que outros nascem para viver outras vidas se possível dignas e também, se possível, deixar outras saudades. Quando outros mais nascem, e morrem, e a história se repete, sucessivamente, até o fim dos tempos.

Depois foram surgindo, em meio à escuridão, seus contornos — rosto, ombros, o resto do corpo, compondo uma silhueta que ia escapando bem devagar das sombras, do nada, em direção à vista. À vida. Imitando a trajetória dos personagens de romance, como aqueles que escreveu, que nascem primeiro na imaginação dos homens para depois sobreviver, majestosos, em uma outra dimensão. O velho amigo continuou calado. E eu confuso, com aquele silêncio próprio dos deuses serenos. Até que, afinal, compreendi. Para bom entendedor, meio silêncio basta. Era mesmo uma resposta. E que bela resposta.

Não falou mais. Eu também não. Era como se todas as coisas estivessem já ditas. Ou nada mais devêssemos dizer. Ou nenhuma palavra fosse mais necessária. Nem tivesse importância. Ficou apenas me olhando com um riso meio maroto no rosto. Como sempre. Como se nada tivesse acontecido. A cena era de paz, muita paz, espalhada pelos quatro cantos do terraço e do vasto mundo.

"É tudo?, Hermilo." "É tudo, amigo." Então lhe dei um abraço, que era mais que um abraço. E disse "Adeus". Ele respondeu "Adeus". Um adeus diferente daquele que a gente dá quando se despede usualmente dos amigos. Um adeus, no dia a dia, com cara de até logo. De até mais ver. Agora não, era definitivo. Era mais amplo e mais profundo. Um adeus sem metafísica. Um lamento por ser a vida insolvente e breve. Era uma despedida de dois amigos que sabem nunca mais se verão. Então levantei da cadeira, dei um beijo na sua testa e fui embora.

P.S. Na quarta-feira seguinte, Hermilo morreu. Como disse que morreria. O amigo era mesmo um homem de palavra. Saudades de Hermilo.

Índice

Apresentação — 9

1. Pelas ruas de Tirano — 13
2. Casamento é para sempre — 21
3. De vida e de morte — 29
4. O dedo de Deus — 35
5. A mãe que queria enterrar o filho — 41
6. Morão, Rosa e Pimenta — 47
7. O filho de Ana Maria — 53
8. A mulher que vivia só — 59
9. O marido, a mulher e o dentista — 65
10. O professor revolucionário — 73
11. Uma novela fora da TV — 81
12. Filha de mãe desconhecida — 87
13. O valente coronel do Detran — 97
14. A saga de Rosa — 107
15. O sindicato da morte — 113

16. A filha que não queria ver o pai 119
17. A mulher de olhos verdes 125
18. A fábula da antiglobalização 133
19. A louca de Olinda 139
20. A falecida 147
21. A primeira morte de Hermilo 153

Este livro foi composto na tipologia Palatino LT
Std, em corpo 11,5/16, e impresso em
papel off-white no Sistema Cameron da
Divisão Gráfica da Distribuidora Record.